Chantajes y secretos

RACHEL BAILEY

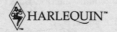

Editado por HARLEQUIN IBÉRICA, S.A.
Núñez de Balboa, 56
28001 Madrid

I.S.B.N.: 978-84-671-9602-3
Depósito legal: B-42212-2010
Editor responsable: Luis Pugni
Preimpresión y fotomecánica: M.T. Color & Diseño, S.L.
C/ Colquide, 6 portal 2 - 3º H. 28230 Las Rozas (Madrid)
Impresión y encuadernación: LITOGRAFÍA ROSÉS, S.A.
C/ Energía, 11. 08850 Gavá (Barcelona)
Fecha impresion para Argentina: 4.7.11
Distribuidor exclusivo para España: LOGISTA
Distribuidor para México: CODIPLYRSA
Distribuidores para Argentina: interior, BERTRAN, S.A.C. Vélez
Sársfield, 1950. Cap. Fed./ Buenos Aires y Gran Buenos Aires,
VACCARO SÁNCHEZ y Cía, S.A.
Distribuidor para Chile: DISTRIBUIDORA ALFA, S.A.

Capítulo Uno

Nico Jordan observó la fachada de la casa donde vivía la viuda de su hermanastro y frunció el ceño. Era una fría mañana de invierno. ¿Cómo había podido Beth dejarlo a él por su hermanastro Kent y aquella pretenciosa vivienda?

En realidad, para ser justos, la fortuna personal de Kent le había reportado a Beth con toda seguridad varias casas aparte de aquélla, junto con gran cantidad de joyas. Todo esto eran cosas que Nico jamás habría podido darle cuando tenía veinticuatro años.

Sin embargo, todo había cambiado bastante en los últimos cinco años. Más de lo que quería recordar.

Desgraciadamente, Kent había fallecido y Beth se había convertido en su viuda. Estos hechos suponían que Nico tenía una tarea de la que ocuparse. Dobló los papeles que tenía en la mano y llamó a la puerta. Se había ofrecido voluntario para terminar el papeleo referente a la parte que tenía su hermano de los viñedos familiares porque tenía que ver a Beth una vez más. Tenerla en su lecho una vez más.

A pesar de lo mucho que se había esforzado, jamás había conseguido controlar el deseo que sentía por la mujer que lo había traicionado.

3

Levantó el puño una vez más para volver a llamar a la puerta, pero, antes de que pudiera hacerlo, ésta se abrió. Beth apareció en el umbral, más hermosa de lo que recordaba. La boca que tan bien había conocido estaba muy abierta, al igual que los hermosos ojos de color zafiro. De repente, Nico se vio transportado cinco años atrás en el tiempo, hasta el momento en el que hicieron el amor por última vez entre los viñedos de la finca que su familia tenía en Australia. Aquel día, los dos se habían jurado amor eterno. Al día siguiente, ella se había marchado del país para casarse con Kent.

–Nico –susurró. Tenía el rostro muy pálido.

Llevaba el cabello rubio más corto, lo que le daba un aspecto más dulce a su ya hermoso rostro. Nico comprobó que había perdido algo de peso, hasta el punto de estar demasiado delgada, pero esto no evitó que el deseo se apoderara de él por completo. A pesar de todo, no le ofreció más que una cínica sonrisa.

–Buenos días, Beth. He venido para darte el pésame de la familia por la muerte de tu esposo y para hablar de algunos temas referentes a la herencia.

Beth bajó los ojos y, después, dio un paso al frente para salir al porche mientras cerraba la puerta de la casa a sus espaldas.

–Gracias por el pésame. Es muy considerado por... parte de tu familia.

Entre la familia de Kent y Beth no existía mucho cariño, dado que su padre, en parte, la culpaba por el hecho de que Kent se hubiera mudado a Nueva Zelanda para ocuparse de aquel viñedo cortando así todos los vínculos familiares. Sin embargo, ése no era el delito por el que Nico la había condenado.

—Así debe ser por la viuda de nuestro querido Kent.

Al menos, Beth pareció turbada, aunque debería sentirse algo mucho peor que eso por la angustia que lo había causado a él.

—Estoy segura de que los abogados se pueden ocupar de todo lo referente al papeleo —comentó ella, mirándolo—. No era necesario que vivieras hasta aquí desde Australia.

Nico apoyó un brazo sobre la puerta cerrada, gesto que lo obligó a bajar la cabeza unos centímetros más cerca de la de ella.

—No, *bella*, sí que era necesario.

Beth se estremeció al escuchar aquella forma de dirigirse a ella. Nico le había susurrado aquella palabra en muchas ocasiones, cuando pasaban las calurosas tardes tumbados en la hamaca de la casa de los padres de él o en el punto más álgido de la pasión cuando hacían el amor.

—Si tenemos que hablar, no lo hagamos aquí. Me reuniré contigo en alguna parte —dijo ella. Su voz revelaba nerviosismo, pero también determinación.

—¿Me estás diciendo que no soy bienvenido en la casa de mi hermano? —replicó Nico. No se molestó en ocultar la ironía del tono de su voz. Sabía muy bien que su hermano lo habría apuñalado por la espalda antes de invitarlo a su casa. La amarga rivalidad entre ellos, que había existido toda la vida, alcanzó el cenit cuando Kent se casó con Beth. Ella inmediatamente había atravesado el mar para cortar todos los vínculos con su pasado y, peor aún, para mantener la separación, el hijo de Kent jamás había conocido ni a su abuelo ni a su tío Nico, una situación que éste tenía intención de rectificar.

La recorrió de nuevo con la mirada. Seguramente, Kent había hecho bien en sentir una cierta paranoia referente a su esposa. Si el camino de Beth se hubiera cruzado con el de Nico después de su matrimonio, éste no habría dudado ni un segundo en cazar en el territorio de su hermano. Kent, ciertamente, no se había molestado por ninguna regla.

Sin embargo, Kent ya no estaba.

Beth lanzó una mirada furtiva hacia la puerta y levantó una mano para cubrirse el cuello.

–Nico, hazlo por mí. Si quieres que hablemos, reúnete conmigo otro día, en otro lugar.

¿Qué estaba ocultando? ¿Acaso seguía pensando en mantener a su hijo apartado de la familia o es que tenía ya un amante escondido en alguna parte? Tal vez se trataba de las dos cosas.

–Cinco minutos y ya me estás pidiendo favores, *bella* –dijo Nico. Dejó caer la mano que había apoyado sobre la puerta y consideró sus opciones. A pesar de su determinación por mantener duro el corazón, la súplica que se había reflejado en los ojos de Beth le llegaba de una manera que le imposibilitaba negarle nada. No obstante, debía recordar que era una buena actriz. Era la misma mujer que lo había tenido pendiente de un hilo durante once meses y que no había dudado en dejarlo cuando descubrió que su hermanastro más rico le ofrecía mejores posibilidades.

Aun así...

Decidió concederle aquel único favor.

–Sólo voy a estar aquí el fin de semana. Por lo tanto, hablaremos hoy, dentro de una hora, en la habitación de mi hotel.

–¿Dentro de una hora? –replicó. Echó la mano hacia atrás y agarró el tirador de la puerta como si quisiera apoyarse en ella–. Eso me va a resultar bastante difícil. ¿Qué te parece mañana?

Nico decidió que ya había cedido lo suficiente. Se dio la vuelta para marcharse.

–Si no estás allí dentro de una hora, regresaré. También, requeriré a un tribunal que tu hijo pueda ver a su abuelo. Ya tengo los papeles redactados en el coche y no tengo más que presentarlos.

Nico y aquel niño eran la única familia que le quedaba a su padre, lo que suponía una verdadera tragedia para un hombre como Tim Jordan. Nico siempre se había sentido muy unido a su padre, por lo que él sería capaz de cualquier cosa con tal de alegrarle la vida al anciano, en especial en aquellos momentos, cuando estaba tan enfermo.

–Nico, no lo comprendes...

Su voz, tensa y aterrorizada, no lo conmovió. Nico no tenía tiempo para escuchar sus excusas.

–Una hora, Beth. Me alojo en The Imperial.

Con eso, se dirigió hacia su coche sin mirar atrás.

Una hora más tarde, Beth estaba de pie frente a la puerta de la suite que Nico tenía en el ático del hotel.

Le resultaba imposible conseguir que su turbado cerebro pudiera pensar con claridad. Nico, el único hombre al que había amado, había vuelto. El hombre al que ella había protegido sacrificando así sus propias esperanzas de felicidad.

En cuanto él se marchó de su casa, Beth había ido corriendo a buscar a su hijo para llevarlo a la casa de sus padres, que estaba muy cerca de la de ella. Kent les había comprado la vivienda no por ser generoso con ellos, sino para asegurarse de que ella no tenía razón alguna para regresar a Australia. Los padres de Beth ya habían accedido a ocuparse del niño esa noche y el día siguiente para que ella pudiera asistir a la presentación del último vino blanco de Kent, que iba a tener lugar por la tarde, pero no les había importado en absoluto tener que cuidar también aquella mañana del pequeño Marco, o Mark, como Kent lo había bautizado. Sin embargo, ella prefería llamar a su pequeño de cuatro años de la manera que sentía más cercana a su corazón.

Estaba segura de que sus padres sabían perfectamente quién era el padre del niño. El cabello rubio y la piel clara de Beth ni las similares características de Kent jamás habrían podido producir un niño con fuertes rasgos mediterráneos. La piel olivácea de Marco, los ojos color chocolate y el oscuro cabello reflejaban claramente los rasgos que Nico había heredado de su propia madre. Sin embargo, los padres de Beth jamás habían dicho nada y ésta, en silencio, les había dado las gracias por su discreción.

Pero si Nico veía al pequeño…

No. Todavía, no. No podía dejar que Nico se acercara a su propio hijo hasta que fuera seguro. Las consecuencias para Nico eran aún demasiado importante como para que se enterara. Sólo necesitaba mantener el secreto mientras estuviera de viaje allí. No faltaba mucho tiempo para que Beth por fin pudiera sincerarse con todo.

Mientras tanto, aunque no le resultara conveniente, si Nico quería verla aquel día, no le quedaría más remedio que ceder. Ella sabía lo que estaba en juego. Nico no.

Con una pesada sensación en el corazón, llamó a la puerta. Oyó pisadas al otro lado, justo antes de que se abriera.

Nico apareció al otro lado, alto, corpulento y dueño de una belleza de rasgos oscuros. El pulso de Beth se aceleró sin necesidad de que él hiciera nada. Su rostro no revelaba en absoluto lo que pensaba ni la animaba en modo alguno, pero ella lo necesitaba. Sólo verlo la llenaba de dicha, tal y como le había ocurrido hacía una hora. Tal y como le había ocurrido siempre, cuando los dos eran más jóvenes.

–Dame el abrigo –le dijo él extendiendo la mano.

Beth se desabrochó el cinturón y se lo quitó. Nico tomó la prenda y la colgó en la percha que había en la pared. Entonces, el deseo se reflejó en sus ojos oscuros mientras la miraba de la cabeza a los pies. Por fin, sonrió con satisfacción y la miró a los ojos.

Beth se miró a sí misma. Iba ataviada con un vestido de color rosa, de lana, de corte suelto y que le llegaba hasta la rodilla. Toda su ropa era muy similar.

Ninguna se le ceñía al cuerpo ni acentuaba sus formas de mujer. Llevaba cinco años evitando atraer la atención sexual de otras personas. Llevaba cinco años... Desde que perdió a Nico.

No obstante, el deseo que se reflejaba en los brillantes ojos de Nico parecía desgraciadamente burlarse de todos los esfuerzos que ella hacía por ocultarse.

Nico abrió más la puerta y la dejó pasar. Mientras Beth atravesaba el opulento salón para dirigirse a la ventana, sintió que el cabello de la nuca se le ponía de punta. Sabía que él la estaba observando. Se dio la vuelta lentamente y comprobó que, efectivamente, así era. La piel se le tensó mientras que los senos parecían suplicar las hábiles caricias que habían recibido hacía cinco años, pero había demasiado en juego para dejarse llevar por las respuestas físicas de su propio cuerpo. Nico podía perder su herencia, su profesión e incluso su identidad.

Él levantó una botella de champán.

–¿Te apetece?

–No, gracias –respondió ella. En aquel momento más que en ningún otro necesitaba poder pensar con claridad.

Nico se sirvió algo del bar. Si sus gustos no habían cambiado, sería un *pinot noir*.

Mientras él estaba distraído con su tarea, Beth aprovechó para mirarlo a placer. Observó el espeso cabello oscuro que ella había mesado en el pasado con sus propios dedos, el rostro demasiado largo para resultar simétrico pero que, a pesar de todo, era más querido para ella que nada en el mundo... a excepción de la misma cara en miniatura. Su hijo. El hijo de ambos.

«Oh, Dios...». No podía soportar la tensión ni un minuto más. Tenía que saberlo.

–Dime lo que has venido hasta aquí para contarme, Nico.

Con un aspecto aparentemente relajado, él se apoyó contra la encimera de la pequeña cocina.

–Quiero varias cosas, pero empecemos con mi sobrino.

Beth sintió que el corazón se le detenía.

–¿Quieres a Mark?

Nico irguió su orgullosa nariz, gesto que reflejaba completamente la nobleza de la aristocracia italiana a la que su madre había pertenecido.

–Tiene mi sangre y ha perdido a su padre. Me gustaría tener una relación con él.

Durante un momento de locura, Beth había creído que él quería arrebatarle a su hijo, pero aquello le parecía prácticamente igual de malo.

–Ya sabes que eso no es lo que Kent hubiera querido. Los dos os jurasteis que jamás os volveríais a mirar a la cara.

Ese hecho había provocado que Nico se desvinculara de todo durante tres años y que consiguiera ganar millones de dólares en la Bolsa. En ese tiempo, se convirtió también en habitual de la prensa del corazón como uno de los más ricos playboys de Australia. Beth se había atormentado terriblemente cada vez que leía las revistas y se volvía loca de celos de cualquier mujer

11

que apareciera fotografiada junto a él. Sin embargo, al mismo tiempo, sólo rezaba para que fuera feliz.

–En estos momentos, lo que Kent quería resulta completamente irrelevante. ¿Acaso crees que quería morir y dejar a su hijo huérfano de padre? –le preguntó acallando así las protestas de Beth–. Yo me encargaré de que el niño me conozca y me comportaré con él como tío suyo que soy.

Por mucho que Nico deseara creer esto, si Beth permitía el contacto, la verdad vería la luz muy pronto y él no le daría las gracias a ella por las consecuencias. Más probablemente, la odiaría e incluso la culparía de ello.

–Tal vez no tenga padre, pero tiene a su madre. Soy yo quien toma las decisiones sobre quién tiene relación con mi hijo. Es feliz con la vida que lleva aquí y tiene una relación muy estrecha con sus abuelos y sus amigos –dijo. Tuvo que morderse el interior de la mejilla, sabiendo que era mejor ser cruel con Nico a pesar de lo mucho que le dolían las palabras que tuvo que pronunciar–. No te necesita.

Nico tomó un sorbo de su copa y luego la apoyó sobre la encimera.

–Tanto si me necesita a mí como si no, tiene una familia que lleva muchas generaciones en la industria vinícola. Lo llevamos en la sangre, en nuestro ADN. Mark heredará parte de ese negocio un día y tiene que crecer formando parte de él para comprenderlo.

«Lo llevamos en la sangre, en nuestro ADN». Beth se estremeció. Nico creía que él lo llevaba en la sangre. Cuando aún estaban juntos, lo había oído hablar en muchas ocasiones sobre su familia de aquel modo. Conocer la información que contenían las cartas que Kent había conseguido lo mataría. En ellas se revelaba que Nico era un hijo ilegítimo. En realidad, no era hijo de su padre. Llevaba los viñedos en la sangre del mismo modo que la propia Beth. Nada. Le destrozaría por completo saber que no tenía ninguna clase de vínculo biológico con el hombre al que consideraba como su padre y al que adoraba. Beth siempre había creído que Tim y Nico parecían hermanos más que padre e hijo mientras trabajaban la tierra juntos.

Cuando Kent le contó a ella el contenido de las cartas y las utilizó para chantajearla y conseguir que se casara con él, Beth supo que no le quedaba elección. Tim Jordan había sufrido tres infartos de consideración en el espacio de ocho meses. Los médicos habían advertido a la familia que tenía que evitar el estrés y la tensión. Si ella se hubiera negado a lo que Kent le proponía, él habría sacado a la luz las páginas. La información habría destruido a Nico y el estrés de saber que Nico no era su hijo le habría provocado a Tim otro ataque al corazón. Beth sabía que a Kent no le importaba poner en peligro la vida de su padre porque aún le dolía que Tim se hubiera divorciado de su padre para casarse con la de Nico hacía más de veinte años. Jamás había podido perdonar a ninguno de los implicados. Ni a Nico, ni a la madre de Nico ni a su propio padre por un matrimonio que le había quitado a su madre el lugar que ocupaba hasta entonces y los había obligado a abandonar la casa principal para irse a vivir a una más pequeña cerca de allí. Beth era la única que podía impedir tanta desgracia, y lo había hecho accediendo a casarse con él. Ese mismo día, se había marchado de su país sin decirle ni una palabra al hombre al que amaba más que a sí misma. El hombre que, en aquellos momentos, tenía frente a ella.

Todo había cambiado después de tantos años. Kent había muerto. Desgraciadamente, Beth no había podido encontrar el lugar donde había escondido las cartas, pero sólo era una cuestión de tiempo.

Desde aquel instante, las decisiones le competían sólo a ella. Había decidido que le contaría a Nico la verdad cuando Tim hubiera fallecido. Según la opinión de los médicos, probablemente sólo le quedaban unos doce meses de vida.

Se dirigió a la ventana. Necesitaba distanciarse de Nico para poder tener aquella conversación con él.

—Mark conoce ese mundo. Kent se lo llevaba a los viñedos y a las bodegas —dijo, aunque, en verdad, esas ocasiones habían sido más bien escasas.

—¿Y quién continuará ahora con esa educación? Tu obligación es permitir que tu hijo conozca a su familia. Es su derecho de nacimiento que un Jordan le hable de nuestro legado.

Beth se frotó los brazos. La verdad que había en aquellas palabras le había helado la sangre. Efectivamente, Marco se merecía estar con su verdadero padre. Apartó la mirada de la de Nico y observó los troncos desnudos de las viñas, esperando que la primavera los devolviera a la vida.

Entonces, sintió que él se movía a sus espaldas.

–No nos peleemos, *bella*... –susurró él, con voz profunda y seductora.

Le colocó las manos sobre los hombros casi desnudos y le acarició suavemente la parte superior de los brazos. Aquel contacto desató sensaciones en el cuerpo de Beth que no había experimentado desde la última vez que él la tocó. Cinco largos años. Le deslizó las manos hasta las muñecas y se acercó un poco más a ella para que Beth pudiera sentir su cuerpo.

Había soñado tantas veces con aquel momento... Había soñado tantas veces volver a estar con él... Sin embargo, sabía que aquello estaba mal. Él no era ya el tierno y dulce Nico de hacía cinco años.

¿Y por qué iba a serlo? Después de todo, en lo que a él se refería, Beth lo había traicionado. Y estaba en lo cierto. Por muy puros que fueran sus motivos, ella lo había traicionado. No obstante, a pesar de reconocerlo, le dolía saber que Nico ya no la amaba ni confiaba en ella.

Se apartó de él y se volvió para mirarlo.

–¿Qué estás haciendo, Nico? No puedes presentarte de repente y asumir derechos que terminaron cuando rompimos.

–Cuando rompimos... No estoy seguro de que ésa sea la manera más adecuada de definir el final de nuestra relación –dijo. El dolor se reflejaba profundamente en sus ojos. Tenían una expresión atormentada.

Al ver el dolor que ella le había causado, Beth sintió que las rodillas se le doblaban.

–No creo que sea el momento más adecuado para

hablar de eso. Has dicho que tenías papeles de los que debíamos hablar.

–Tienes razón. ¿Y cuándo crees tú que será el momento adecuado para hablar de nuestra relación?

–No tengo interés alguno sobre el tema. Lo considero cerrado.

–Pues yo no estoy de acuerdo.

–Hacen falta dos para tener una conversación.

Nico se dirigió a uno de los sillones y se sentó para tomarse su vino.

–Hacen falta dos para muchas cosas. Conversaciones. Relaciones. Amor.

–Te he dicho que no pienso hablar de eso –insistió ella levantando ligeramente la barbilla.

–En ese caso, estamos en un *impasse*. Siéntate.

Con cierta precaución, dado que Beth sabía que Nico jamás cejaba en su empeño una vez que había decidido que quería algo, ella se sentó en la butaca más alejada de la de él.

–Hay papeles que, como tutora de Mark, debes firmar. No sé lo que Kent decidió para la herencia personal que su madre le dejó, pero probablemente sabrás que aún no poseía acción alguna en el negocio familiar.

–Sí, las acciones siguen siendo propiedad de tu padre.

–Así es. Las acciones de Jordan Wines debían dividirse a partes iguales entre nosotros, sus dos hijos, dentro de cuatro años o a la muerte de mi padre, según lo que ocurriera primero. Los tres ya habíamos firmado hace tiempo un documento a ese respecto

–dijo, mientras tomaba un montón de papeles que había sobre la mesa de café–. Ahora, mi padre quiere que la parte de Kent sea de Mark. Ya no desea esperar. La muerte de Kent lo ha afectado profundamente, en especial porque entre ellos había un distanciamiento que aún sigue sin comprender.

Beth tragó saliva. Los dos sabían que el matrimonio de Kent y ella había supuesto el inicio de aquellas tensiones. Sin embargo, jamás había deseado nada de lo que había ocurrido. De hecho, Nico y su padre eran precisamente las dos personas que había tratado de proteger. Si Nico supiera la verdad, se encontraría en una posición insostenible en la que tendría que elegir entre dos males: su propio sentido del bien y del mal le obligaría a contarle a su padre la verdad, lo que podría conducirle a verse desheredado, lo que, a su vez, podría provocarle a Tim un ataque al corazón que pondría en peligro su vida. Todo esto, por no hablar del hecho de que Tim supiera en los últimos días de su vida que su hijo predilecto no lo era en realidad.

También, Nico podría ocultarle la verdad, pero el secreto lo reconcomería como si fuera ácido. Su relación con Tim jamás volvería a ser tan cercana ni tan sólida. Por lo tanto, al ver las dos opciones que Nico tendría si supiera la verdad, Beth sabía que no podía ponerle en aquella situación.

–Mi padre quiere dividir la empresa entre Mark y yo en los próximos meses.

–¡Pero si Mark es tan sólo un niño pequeño!

–Bueno, nadie espera que un niño de tres años herede esta clase de fortuna inmediatamente.

Kent le había contado a toda su familia que Mark había nacido un año más tarde de lo que en realidad había sido porque no quería que Nico sacara sus conclusiones. Dado que ninguno de los miembros de la familia que vivía en Australia conocía al niño, no le había resultado difícil. Beth decidió guardar silencio al respecto por el momento.

–Creo que sería mucho mejor para Mark que tu padre dejara todo esto por el momento. Es un peso demasiado grande para un niño, aunque sólo sea saber lo que se le va a venir encima.

–Al menos estamos de acuerdo en eso. Sin embargo, es el dinero de mi padre y es él quien debe tomar su decisión. Nos ha nombrado a ti y a mí administradores conjuntos de la parte de Mark hasta que él cumpla veintiún años.

De repente, Beth sintió que no podía respirar. ¿Administradores conjuntos? Después de la muerte de Kent, había empezado a reconstruir su vida. Había decidido revelar todos los secretos después de la muerte de Tim. Con aquella revelación, Nico daba al traste con todos su planes.

–Beth, ¿te encuentras bien? –le preguntó él con velada preocupación.

Ella necesitaba tomar aire fresco, verse apartada del hombre que ocupaba tanto sus sueños como sus pesadillas. Se dirigió hacia la puerta, tomó su bolso y su abrigo y huyó de la suite tan rápidamente como pudo.

Capítulo Dos

Nico le dio veinte minutos antes de saltar en su Alfa Romeo de alquiler e ir tras ella. Veinte minutos durante los que pensó que ella estaba verdaderamente disgustada. Su primer impulso fue seguirla para asegurarse de que se encontraba bien, pero decidió no hacerlo dado que sabía que él era la última persona que Beth querría ver. Dada la situación en la que se encontraban, sólo conseguiría disgustarla más.

Entonces, recordó que ella era una actriz consumada. Cualquier mujer que pudiera hacerle creer que estaba enamorada de aquel modo de él, algo que Nico había creído firmemente durante casi un año, era una actriz de primera clase.

Por lo tanto, agarró el volante con fuerza y fue tras ella. No se podía creer que Beth lo hubiera engañado otra vez y tan rápidamente. No volvería a bajar la guardia con ella. Se encontraba en Nueva Zelanda para conocer a su sobrino, para encontrar la copia que Kent tenía del documento que los dos habían firmado con su padre... y conseguir que la mujer que aún turbaba sus sueños terminara de nuevo en su cama. Al menos durante una noche.

Jamás había conseguido superar el tormento de

la traición de Beth, a pesar de las continuas mujeres que pasaban por su vida. El dolor de haber perdido a la mujer que tanto había amado se había agarrado con fuerza en su pecho. Además, noticias tales como el nacimiento de su hijo con su propio hermanastro, hacían que la humillación que sentía impidiera que el dolor se disipara por completo. Precisamente por eso, necesitaba hacerle el amor una última vez.

Por fin dirigió el coche por el sendero que atravesaba la que había sido la finca de su hermano y detuvo el coche ante la casa. Mientras se dirigía a la entrada, trató de contener sus emociones.

Golpeó con fuerza la puerta.

—Beth, déjame entrar.

Oyó ruidos en el interior de la casa, lo que indicaba que ella estaba dentro. Sin embargo, no parecía muy dispuesta a dejarle pasar.

Nico volvió a aporrear la puerta.

—Beth, no pienso marcharme.

La puerta se abrió. Beth apareció en el umbral, con el mismo vestido rosa pero completamente descalza. Aunque el vestido carecía de forma, mostraba lo suficiente de la figura de ella para despertar la pasión de Nico, tal y como le había ocurrido en el hotel.

—Nico, por favor, déjame en paz. Nuestros abogados se pueden ocupar de todos los papeles.

«Ni hablar». Nico se abrió paso hacia el interior de la casa. Entró en el salón, en el que un buen fuego ardía en la chimenea y se volvió a mirar a Beth, que aún estaba en la puerta, con la mano sobre el pomo.

–No puedo dejarte en paz, aunque quisiera hacerlo.

–¿Por qué no?

–Porque tenemos un asunto inacabado...

–Nic, la gente rompe relaciones de pareja constantemente. ¿No te parece que te estás comportando de un modo demasiado dramático?

–Es que se trata precisamente de eso, *bella*. No recuerdo que rompiéramos. Recuerdo hacerte el amor entre los viñedos de mi padre bajo la luz de la luna llena –dijo él dando un paso al frente–. Recuerdo que me prometías amor eterno y recuerdo haberte llevado a tu casa...

–Nico, por favor...

–Entonces, casi sin que me dé cuenta, me entero de que te has marchado del país para casarte con mi hermano –le espetó él.

–Me gustaría haber hablado contigo...

–Entiendo por qué no lo hiciste. Sin embargo, siempre me he preguntado una cosa –comentó él, acercándose un poco más a ella–. ¿Fue una decisión espontánea cuando te surgió una oferta mejor o me estuviste utilizando desde el principio para poder cazar al hermano rico de la familia?

–¿Qué fue lo que creíste tú? –replicó ella con una gélida mirada en el rostro.

–Kent me dijo que te ofreció dinero para que te casaras con él, así que creo que fue una combinación de las dos cosas. Debiste pensar que te había tocado la lotería cuando el hombre que era tu objetivo te ofrecía dinero por hacer algo que llevabas planeando desde un principio –dijo Nico, con una carcajada llena de amargura.

Beth palideció, una reacción que no pudo haber fingido por lo que Nico decidió que había dado en el clavo. El dolor se apoderó de él, pero lo apartó para poder seguir y dar un paso al frente.

–Te compró –añadió–. Por eso, me gustaría saber qué me costaría que te metieras en mi cama. Supongo que, desde entonces, el precio habrá subido.

–Nico, no hagas esto por favor.

Él sonrió y cerró la distancia que los separaba. Sus cuerpos casi se tocaban.

–¿Sería por dinero o preferirías propiedades o joyas?

Beth se apartó de él y se colocó al otro lado del sofá. Entonces, una lágrima le humedeció la mejilla.

–Nico, lo siento. Te aseguro que jamás sabrás lo mucho que siento lo que te hice pasar.

Él se quitó lentamente el abrigo y lo arrojó por encima del sofá tras el que ella se ocultaba.

–Lo sientes –repitió sacudiendo lentamente la cabeza–. Por fin lo has dicho.

–¿Vas a aceptar mis disculpas?

–Heriste profundamente mi orgullo marchándote con mi hermanastro. No resulta fácil perdonar algo así.

–Lo comprendo –susurró ella–. De verdad que lo comprendo.

–¿De verdad? ¿Sientes haberme humillado delante de mi familia? ¿Haberte vendido a un hombre que me odiaba desde el día en el que nací?

De repente, Beth no pudo contenerse. Antes de que pudiera cambiar de opinión, se dirigió hacia él olvidándose del hombre amargado que tenía frente a ella. Lo hizo por el Nico al que había amado más que a su vida, por el hombre al que tanto dolor había causado y que seguramente seguía existiendo en algún sitio, sufriendo por el pasado.

Estaba a punto de llegar a su lado cuando se detuvo. Él la observaba con el rostro inescrutable. Beth sentía un profundo deseo de tocarlo, de saborear su piel, de sentir sus caricias. Su cuerpo reaccionaba frente al de él como si no hubiera pasado el tiempo, como si aún fueran el uno parte del otro.

Extendió la mano como ofrenda de paz, tratando así de transmitir lo mucho que se arrepentía sin utilizar palabras. Vio que el deseo se reflejaba en los ojos de Nico y que él apretaba la mandíbula.

Él también sentía las chispas que saltaban entre ellos cuando estaban juntos. No se movió. Sin embargo, al ver que Beth permanecía con la mano extendida, dio un paso al frente y la tomó entre sus brazos estrechándola con fuerza contra su cuerpo.

Beth sintió que él temblaba cuando le rodeó el cuello con los brazos. Los dos permanecieron así, sin moverse, durante varios minutos. Entonces, ella se apartó sin mirarlo a los ojos. Se dio la vuelta y se alejó. Necesitaba poner distancia entre las oleadas de emoción y deseo que aún la envolvían cuando estaba cerca de Nico.

–Beth...

Ella sabía que no podía dejarse llevar. Estaba segura de que si lo hacía los dos terminarían en la cama y este hecho provocaría que todo fuera mucho más difícil. Beth siempre había sido sincera con él y si debía mantener en secreto el hecho de que Nico fuera ilegítimo al menos hasta la muerte de su padre, debía mantener una distancia emocional con él. No podía bajar la guardia. Si él la sorprendía en un momento de vulnerabilidad y le hacía la pregunta adecuada, no podría ocultarle nada. Como no quería hacer daño a ninguno de los dos, tenía que esperar.

Afortunadamente, el teléfono comenzó a sonar. Beth tuvo que contenerse para no correr a la cocina para contestar aquella llamada salvadora.

–¿Sí?

–Señora Jordan, soy Noela de la bodega.

Era la secretaria de Kent.

–¿Qué puedo hacer por ti, Noela?

–Sólo quería comprobar si va a venir usted al lanzamiento de Trio esta noche. Sé lo que está usted pasando con la pérdida del señor Jordan y todos lo comprenderíamos perfectamente si prefiriera no venir.

A pesar de que, efectivamente, no le apetecía lo más mínimo, Beth había hecho una promesa.

–Allí estaré.

–Gracias, señora Jordan. Todos se lo agradecemos mucho.

Beth colgó el auricular y se sirvió un vaso de agua. Necesitaba que Nico se marchara de la casa antes de que descubriera lo que iba a ocurrir aquella noche en la bodega. Conociéndolo, si se hubiera enterado, ya se lo habría mencionado. Beth dio gracias a Dios por poder asistir sola.

De repente, Nico apareció en la cocina y se acercó a ella. Entonces, le colocó las manos a ambos lados de su cuerpo, atrapándola así contra la encimera con el suyo.

—Te escapas de mi lado con demasiada frecuencia.

Su cuerpo irradiaba un agradable calor que la envolvía por completo. Algo que jamás había olvidado del tiempo que habían pasado juntos era que, junto a Nico, jamás tenía frío. ¿Le costaría mucho cerrar los ojos y dejarse llevar por ese calor, olvidarse de la alocada situación en la que se encontraban y disfrutar de una noche más con el hombre que aún era dueño de su corazón?

No obstante, se dijo que no debía olvidar que el hombre que estaba junto a ella en aquel momento no era su Nico. El que estaba en aquel instante junto a ella era un hombre completamente diferente, un hombre con el que no tenía futuro. Además, estaba segura de que no podría soportar una segunda separación de él. Debía protegerlo a él ocultándole la verdad por el momento, pero tenía también que protegerse a sí misma.

Le colocó las manos sobre el musculoso torso y lo miró a los ojos.

—Nico, tienes que marcharte. Ya has conseguido que me disculpe. Ahora, los dos tenemos que seguir con nuestras vidas.

—Tienes razón —dijo él, con una lenta sonrisa—. Ha

llegado la hora de que me vaya. Sé que necesitas tiempo para prepararte para el lanzamiento de esta noche. ¿Vengo a recogerte a las siete?

Beth sintió que la sangre se le helaba en las venas. ¡Nico lo sabía! Tendría que habérselo imaginado, dado que la oficina principal de Jordan Wines en Australia lo tendría informado de todos los acontecimientos que se celebraran en cualquiera de sus bodegas. Sin embargo, ella no podría actuar como esposa de Kent por última vez si Nico asistía también. Comportarse como esposa de Kent le resultaba ya bastante difícil como para, además, tener que hacerlo con Nico en la misma sala. Eso sería algo imposible.

–No es necesario que asistas –dijo ella, disimulando.

–¿Y perder así la oportunidad de honrar la memoria de mi difunto hermano? No me lo perdería por nada del mundo. Además, ya confirmé mi asistencia antes de salir de Australia. Vendré a recogerte a las siete o, ¿acaso tienes que estar antes?

Beth sintió que el pánico se apoderaba de ella.

–Nico, no podemos ir juntos.

–Tonterías. Somos la familia de Kent. Todos esperarán que lleguemos juntos –dijo él. Entonces, se miró el reloj–. Ahora son las dos. Regresaré dentro de cinco horas.

Antes de que Beth pudiera reaccionar, Nico se acercó a ella y le dio un beso en la mejilla, beso que duró algo más que lo necesario para ser sólo platónico. No obstante, se marchó antes de que ella pudiera hacer algo al respecto.

Beth se sentó y se agarró la cabeza con las manos. Los cientos de invitados que estarían presentes en el lanzamiento de aquella noche incluirían amigos y colegas de Kent. No podría ocurrir nada inadecuado. La reacción que ella había tenido con el abrazo que habían compartido los dos había demostrado una cosa: le resultaba casi imposible resistirse a Nico.

Capítulo Tres

El sonido que Beth tanto había estado temiendo se produjo precisamente a las siete menos un minuto. Mientras se dirigía hacia la puerta, le temblaban las piernas. Sabía perfectamente que era Nico. Antes de abrir, se miró en el espejo de cuerpo entero. Llevaba un vestido largo de color melocotón. No se podía decir que fuera un vestido de luto, pero le encantaba la falda de varias capas de tul y las mangas transparentes. Aquella noche, iba a necesitar toda la ayuda que pudiera conseguir y el vestido le hacía sentirse fuerte. Entre el homenaje que se iba a celebrar a la vida de su difunto esposo y la turbadora compañía que iba a llevar a la presentación, tendría suerte de seguir cuerda cuando terminara la velada.

Se pasó una temblorosa mano por el corpiño, respiró profundamente y abrió la puerta.

La boca se le quedó seca en un instante. Nico estaba frente a ella, ataviado con un esmoquin y una sugerente sonrisa. Sólo lo había visto con esmoquin en las fotografías de las revistas. Años atrás, él siempre se había presentado ante ella con vaqueros y camisetas, que eran las ropas con las que trabajaba en los viñedos.

En aquel momento, cinco años después, se había convertido ya en un hombre más maduro, pero igualmente atractivo. La sombra de la barba, a pesar de estar recién afeitado, le oscurecía la mandíbula. El espeso y negro cabello iba bien peinado, pero se le ondulaba ligeramente, sugiriendo las rebeldes ondas que ella recordaba tan íntimamente.

Nico la miró de la cabeza a los pies haciendo que cada centímetro de piel se le echara a temblar, como si estuviera suplicando primero una caricia y luego un beso.

–Eres como una princesa –susurró él.

Beth no podía hablar ni casi pensar. Entonces, él se inclinó sobre ella para darle un beso en la mejilla, que ella recibió con los ojos cerrados, como para saborear mejor el contacto de la piel de aquellos maravillosos labios. Le sorprendió la ternura del gesto, pero se negó a estropear el momento pensando. Cuando Nico rompió el contacto, Beth abrió los ojos y los depositó sobre la boca de él.

–Si me sigues mirando así, no vamos a ir a esa presentación esta noche, algo que no me importa –dijo él. Inclinó la cabeza ligeramente hacia un lado y comenzó a bajarla de nuevo.

Sin pensarlo, ella levantó el rostro para recibir el beso. Entonces, se quedó atónita. ¿Qué diablos estaba haciendo? Parpadeó una, dos veces, y entonces se echó atrás sacudiendo lentamente la cabeza. Aquello era una idea muy mala en muchos sentidos, en primer lugar porque debían asistir a una presentación que el personal de la bodega llevaba meses preparando. Dado que Kent había fallecido, lo mínimo que ella podía hacer era asistir.

—Deberíamos irnos —susurró.

Nico levantó una ceja, pero permaneció completamente inmóvil, llenando el umbral de la puerta con su masculina presencia. Beth ignoró con todas sus fuerzas el deseo que sentía en el vientre, se puso el abrigo y tomó el bolso y cerró la puerta a su espalda. Nico no dijo ni una sola palabra, pero parecía tener fuego en los ojos. Beth tragó saliva y, sabiendo que era lo que debía hacer, se dirigió al coche en el que él había llegado. Nico no tardó en adelantarse para abrirle la puerta del vehículo.

Con mucho cuidado de no tocarle por si acaso desataba otra oleada de sensualidad, Beth tomó asiento y observó hipnotizada cómo él rodeaba el coche y se dirigía al lado del conductor.

Se movía con total seguridad, como si estuviera muy seguro de su lugar en el mundo. Sin embargo, ¿qué ocurriría si ella le contaba el secreto que guardaba? Nico perdería ese lugar, perdería todo lo que estimaba.

Beth tragó saliva. En cierto modo, deseaba no tener que decirle nunca nada en absoluto. Él era el único hombre al que había amado. Nico significaba mucho para ella, por lo que el dolor que él pudiera experimentar le causaría también mucho sufrimiento a ella. Al menos, si esperaba hasta que su padre hubiera fallecido, le ahorraría una parte de ese dolor. Sin embargo, debía tener cuidado de no cometer ningún desliz hasta que llegara ese momento y olvidar nada de lo que estaba en juego. Tenía que ignorar el hecho de que lo deseaba tan profundamente y mantener las distancias. Mantenerse alejada de su cama.

–Te dije que tuvieras mucho cuidado de no mirarme de ese modo –le dijo él mientras se sentaba.

Beth se limitó a guardar silencio. Bajó los ojos al regazo y trató de controlar sus sentimientos. Era absolutamente necesario que Nico no sospechara nada de lo que ella sabía. Si algún comentario por parte de Beth lo alertaba de algún modo, no pararía hasta conocer toda la verdad.

Él arrancó el coche y lo hizo avanzar entre los viñedos. Viajaron en silencio durante varios minutos hasta que él dijo:

–Háblame de Mark.

Beth contuvo la respiración. ¿Acaso sospechaba algo?

–¿Por qué quieres que te hable de mi hijo... del hijo de Kent?

–A pesar de lo que yo sienta sobre sus padres, ese niño es mi sobrino. No hay nada más importante que la familia.

–Nico...

–He dicho que me hables sobre Mark.

–Cumplió tres años el pasado mes de abril –mintió, para mantener la historia que Kent les había contado a su familia–. Es inteligente y está lleno de energía. Adora el dálmata que tienen mis padres. Sospecho que esta noche habrá conseguido que Misty, que así se llama el perro, duerma con él en su cama. Suele hacerlo.

–¿Por qué no tiene su propio perro?

No le debía a Kent lealtad alguna, pero no quería hablar mal de los muertos.

–Bueno... no nos parecía bien.

–Kent no le dejaba tenerlo, ¿verdad?

–Sí. A Kent no le gustaban mucho los perros.

–Todos los niños deberían tener un perro. Hoy he notado algo raro en tu casa.

–¿Sí?

–No había fotos de tu hijo por ninguna parte. Sé que Kent nunca le mandaba fotos a nuestro padre, pero me extraña que no haya ninguna en tu propia casa, sobre todo porque solías tener álbumes enteros de fotos nuestras cuando estábamos juntos. También de tu familia y de tu perro.

Beth sintió que se le hacía un nudo en el estómago. Efectivamente, había retirado todas las fotos de Marco cuando llegó a casa después de visitar a Nico en su hotel. Sabía que él podría seguirla a la casa dado que a Nico no le gustaba dejar asuntos sin terminar.

Apretó con fuerza las manos. Sólo se trataba de un fin de semana. Nico se marcharía muy pronto y dentro de un año poco más o menos, todos los secretos habrían visto la luz.

Por el momento, necesitaba una excusa.

–Las he quitado porque las he mandado para que hagan copias para mis padres.

–¡Qué considerada! Estoy seguro de que a mi padre también le gustaría tener sus copias cuando lleguen. El hecho de no conocer siquiera por fotografía a su nieto le ha roto el corazón.

—Por supuesto... —susurró ella maldiciéndose en silencio por no haber podido encontrar una excusa mejor.

Por fin, Nico aparcó el coche frente a la bodega, que estaba iluminada con miles de luces para amenizar el lanzamiento del nuevo vino.

Dos porteros les abrieron las puertas del coche para que pudieran descender. Entonces, uno de ellos tomó las llaves y se llevó el Alfa Romeo. Nico le rodeó a Beth la cintura con el brazo.

—¿Vamos?

Beth ansiaba fundir su cuerpo con el de él, pero sabía que eso sería una mala idea en cualquier ocasión, y muy especialmente aquella noche, en una cena que se celebraba en honor de Kent.

—No creo que debas tocarme aquí, esta noche.

—¿Estás diciéndome que esta noche, en este lugar, perteneces a Kent?

—No se trata de pertenecer a nadie, sino de lo que es adecuado. Por respeto a los muertos, por respeto a tu hermano.

—Por respeto a mi hermano —murmuró. Entonces, sin previo aviso, se inclinó sobre ella y le dio un rápido y breve beso, que terminó antes de que Beth tuviera tiempo de reaccionar. Sin embargo, ella supo exactamente qué era lo que significaba. Acababa de recordarle que Kent ya no estaba y que él sí.

Permaneció inmóvil, incapaz de reaccionar. Durante un instante, agradeció el apoyo que el brazo le proporcionaba mientras que su cuerpo quería más besos, más Nico...

De repente, él la soltó, dio un paso atrás y la condujo a la entrada.

–Después de ti.

Beth entró con paso tembloroso en la sala, que ya estaba llena de invitados. En ella, una enorme foto de Kent dominaba la estancia. A los pies de la fotografía había cestas llenas de flores y en las paredes mensajes que honraban su vida y sus logros.

Al otro lado de la sala estaba la publicidad del nuevo vino, Trio, que debía su nombre a una mezcla de tres clases de uva. Las botellas de color verde alineaban las mesas mientras que una agradable música clásica ambientaba la fiesta. Nico fue inmediatamente a saludar a un grupo de tres hombres, pero Beth sabía que él no dejaba de observarla. Lo sentía.

Miró la fotografía de su difunto esposo, el hombre que había arruinado por completo su vida.

Noela, la que había sido secretaria de Kent, se acercó a ella y le agarró ambas manos.

–Estamos tan contentos de que haya podido venir esta noche, señora Jordan.

–Gracias, Noela.

–Le hemos preguntado al señor Jordan si le gustaría decir algunas palabras en honor a su hermano y él ha accedido muy amablemente. Sé que usted probablemente no se siente con fuerzas, pero, si quiere, también puede hacerlo. Pero sólo si quiere...

–Mmm, no... No creo que pueda...

–Es comprensible. Sabía que sería demasiado pronto para pedirle algo así. Ahora, si me disculpa, voy a prepararlo todo para el señor Jordan.

Tras apretarle las manos por última vez, Noela se marchó. Beth sintió que se le hacía un nudo en el estómago. ¿Qué diría Nico sobre un hermano que había estado toda la vida atormentándole? Resultaba difícil comprender por qué había accedido a hablar. Seguramente sólo había accedido a hacerlo pensando en Jordan Wines y para mantener las apariencias.

De repente, vio que Nico estaba ya cerca del estrado, hablando con Andrew, el encargado de la bodega. En ese momento, él levantó la mirada y la cruzó con la de Beth. Nico arqueó una ceja, lo que provocó que el pulso de Beth se acelerara. Estaba planeando algo.

Noela subió al estrado y esperó hasta que los murmullos de la gente se apagaron.

–Gracias por venir esta noche –dijo–. Como sabrán, no sólo vamos a lanzar nuestro último vino, Trio, sino que también vamos a homenajear al creador de dicho caldo, Kent Jordan, que falleció recientemente. Nico Jordan, el hermano de Kent, ha venido desde Australia y se ha ofrecido generosamente a compartir algunos de los recuerdos que tiene de su hermano con nosotros esta noche.

Todos los asistentes comenzaron a aplaudir mientras Nico se dirigía al estrado. Él miró a su alrededor y asintió cortésmente, para agradecer así el apoyo de todos los presentes. Entonces, buscó a Beth y la miró fijamente mientras comenzaba a hablar.

–En nombre de la familia de Kent, les agradezco profundamente su presencia aquí esta noche para mostrar su respeto hacia la figura de mi hermano.

Beth se quedó helada. Aquellas palabras tan afectuosas de Nico hacia Kent mostraban sin ninguna duda que él estaba tramando algo.

—El fallecimiento de Kent ha sido una tragedia para nuestra familia, más si cabe porque mi padre está demasiado enfermo como para poder venir al entierro de su propio hijo. Dado que yo me quedé con él para confortarle en su pérdida, me alegra tener la oportunidad de decir unas palabras sobre un hermano que no se parecía a ningún otro. Kent era un hombre formidable, que siempre alcanzaba sus objetivos. No dejaba que nadie ni nada se interpusiera en su camino. Persiguió a su hermosa esposa con esa misma insistencia y no paró hasta poder colocarle un anillo en el dedo. Es una tragedia que un matrimonio tan joven y tan fuerte se haya visto separado tan pronto. De hecho —dijo, sin dejar de mirar a Beth—, creo que no puedo homenajear a mi hermano sin tener a mi lado a su hermosa esposa. Beth, si no te importa...

Nico extendió una mano e hizo que todos los asistentes se volvieran hacia ella, animándola a subir al estrado con una sonrisa.

Beth sintió que el corazón se le aceleraba. No podía hacer nada más que aceptar. Otra cosa hubiera sido una grosería. Cerró los ojos durante un largo instante para encontrar la compostura que necesitaba. Entonces, comenzó a avanzar hacia el estrado. Cuando por fin llegó al lado de Nico, él la colocó a su lado y le rodeó los hombros con un brazo, con un gesto completamente fraternal.

–Nico, por favor –susurró ella.

Nico no le hizo caso y se volvió de nuevo a mirar a los asistentes al acto, algunos de los cuales se estaban secando discretamente las lágrimas por la belleza y la tristeza de la escena.

–La profundidad de las emociones que la querida esposa de Kent y yo compartimos en estos momentos no se puede reflejar con palabras –prosiguió. Movió la mano y se la colocó a Beth alrededor del cuello. El gesto en sí resultaba cálido y reconfortante, si no hubiera sido porque el pulgar se movía trazando sensuales círculos en la nuca de ella, que los asistentes no podían ver, pero que a Beth le hacía temblar de placer–. La muerte de Kent fue un shock para sus amigos y familiares. Para todos nosotros, en especial para mi padre, para Mark, para Beth y para mí –añadió, mirándola a los ojos–, lo único que puedo decir en un momento como éste es que, al menos, nos tenemos los unos a los otros.

Nico abrazó cariñosamente a Beth. Al ver ese gesto, los presentes irrumpieron en un cálido aplauso.

El abrazo provocó una oleada de sensaciones en el cuerpo de Beth. La piel se le caldeó, los músculos comenzaron a temblarle. Todo era muy diferente del modo tan tierno en el que la había abrazado aquella mañana. Era más... ferviente. Más íntimo. Más estremecedor.

Y estaba durando demasiado tiempo. Ella trató de apartarlo discretamente, pero Nico no se movió.

–Ya basta –le dijo al oído.

–Beth, mi Beth, yo lo estoy disfrutando inmensamente –murmuró él–. ¿Por qué iba a parar?

Sin embargo, la soltó por fin, pero le agarró la mano y la ayudó a bajar del estrado. En cuanto se alejaron un poco de todos los presentes, Beth se revolvió contra él y le espetó:

–¿Cómo has podido?

–¿Cómo he podido qué? La bodega quería una escena emotiva y se la he dado. Será buena publicidad para Trio.

–Ya sabes de qué estoy hablando. Espero que estés satisfecho con el espectáculo que has montado.

–En realidad, no estoy nada satisfecho –replicó él, con una media sonrisa–. Todavía –añadió. Se metió las manos en los bolsillos y adquirió un aspecto relajado y tranquilo–. Ya he tenido bastantes negocios y bastante homenaje a mi hermanastro por esta noche. Una copa y nos vamos.

¿Irse? ¡Pero si apenas llevaban allí media hora!

–No puedo marcharme. Todo esto se celebra en honor de mi marido. Todas estas personas han venido para presentar sus respetos. Yo debo estar aquí. Todos deberían verme apenada por la muerte de mi esposo.

–Pero no es así, ¿verdad, Beth? –dijo él entornando la mirada. Sonrió–. No hay secretos entre tú y yo. Tú no lo amabas. Nunca lo amaste.

Beth miró a su alrededor. Cualquiera podría haber escuchado ese comentario.

–Aquí no, Nico.

–¿Aquí no? ¿Crees que esto está yendo demasiado

lejos? –le preguntó. Entonces, se acercó un poco más sin apartar los ojos de los de ella–. Oh, *bella*, te aseguro que podría ir mucho más allá.

–Has dicho que tu escenita y tu discurso van a ser buena publicidad para el vino. Si sigues por este camino, lo vas a estropear todo –le espetó ella, a pesar de lo mucho que ansiaba que él se acercara un poco más, que la tomara entre sus brazos.

Nico se encogió de hombros.

–Malinterpretas la naturaleza de la publicidad. Si no hubiera dicho nada en el estrado, los invitados se habrían sentido muy desilusionados. La gente odia sentirse desilusionada. Sin embargo, el hecho de que tú y yo montemos una escena... la clase de escena que trata de pasar desapercibida, pero que ven todos los presentes... Creo que nuestros invitados lo encontrarían delicioso. Trio se haría famoso rápidamente.

–Nadie tendrá nada que ver si yo me alejo de ti.

Nico le agarró la mano rápidamente, colocándola entre las suyas. El gesto parecía el de un cuñado preocupado por el bienestar de la desconsolada viuda. Sin embargo, el calor que emanaba de las palmas de las manos de él hacía que la piel de Beth vibrara, no sólo en las manos sino por todo el cuerpo.

Nico lo sabía. Maldito fuera. Esbozó una suave sonrisa, como si estuviera congratulándose por su victoria. Comenzó a masajearle la mano suavemente.

–Lo único que tengo que hacer es levantar la mano y acariciarte la mejilla para tenerte entre mis brazos. Aún te afectan mis caricias. Lo sé...

Beth se echó a temblar. No podía dejar que eso ocurriera. Se soltó de él y dio un paso atrás.

–Esta noche debería ser sagrada.

–No sé si alguno de los presentes siente la pérdida de Kent. No era desagradable sólo conmigo, lo que supuso que nunca se ganara mucho respeto o popularidad.

–A pesar de eso, esto está mal.

Beth se apartó de él todo lo que puso. Nico había dado en el clavo. Aún le afectaban sus caricias, lo que era un lujo que no se podía permitir cuando tenía que guardar tantos secretos por el bien de muchas personas.

Tomó una copa de vino que le ofreció un camarero. Entonces, Noela apareció a su lado.

–Quería ver si se encontraba bien –dijo.

–Estoy bien, gracias –respondió ella, con una sonrisa.

–Parecía muy afectada en el estrado. Espero que no la hayamos obligado demasiado.

–Estoy bien, de verdad.

Cuando Noela se marchó, Beth se vio rodeada inmediatamente por un montón de personas que le dieron el pésame y la felicitaron por su fuerza al asistir a aquella presentación. Veinte minutos después, Beth sentía que se estaba asfixiando. Se excusó y salió a la terraza para tomarse su vino y observar los viñedos bañados por la luz de la luna. Las hileras de cepas sin hojas resultaban reconfortantes en su orden, en su cadencia, en su ritmo. Respiró profundamente y se apoyó la copa contra la acalorada frente, aliviada de tener un respiro de la gente, del ruido y de la conversación.

—Es una vista muy hermosa —le susurró una voz a sus espaldas, muy familiar.

Beth se dio la vuelta. Era Nico. Los latidos del corazón se le aceleraron rápidamente.

—Te has pasado la vida entre viñedos y bodegas. Me sorprende que aún sigas viendo la belleza que hay en ellos.

—No hay muchas cosas que sean más hermosas que un fértil viñedo, a excepción, tal vez, de una hermosa mujer.

Los ojos de Beth se acostumbraron por fin a la oscuridad y pudo distinguir ligeramente la silueta de Nico. Estaba sentado sobre la amplia balaustrada, de espaldas a la vista. Ella miró por encima del hombro para asegurarse de que nadie más los estaba observando antes de dar un paso al frente y flirtear con el peligro. Por alguna razón, el hecho de que el rostro de Nico estuviera a oscuras le daba seguridad. Peligrosa ilusión. A pesar de todo, se acercó un poco más.

—Suponía que estarías dentro —comentó, haciendo girar el vino en la copa.

—Ya no se me necesita. He dado mi discurso, por lo que el encargado de la bodega y todos los demás pueden hacerse cargo ahora.

—No te gusta ser el centro de atención, ¿verdad, Nico?

—Ven aquí y te contestaré —dijo. Era la voz del Diablo tentándola con la manzana.

–No.

–Yo creo que sí lo harás.

–¿Qué te hace estar tan seguro?

–El hecho de que no quieras volver ahí dentro.

Eso era cierto. Miró a su alrededor. Técnicamente estaban en un sitio público, por lo que no podía ocurrir nada inadecuado. Además, tenía el beneficio añadido de que carecía de testigos, dado que estaban solos en la terraza.

–¿Por qué no te gusta ser el centro de atención?

–Acércate más.

–No. Aquí estoy bien –dijo ella. A pesar de estar muy cerca, no podía verlo claramente.

–Por el momento –admitió él–. No me gusta ser el centro de atención como le ocurría a Kent, pero tampoco es que lo odie. En realidad, me da un poco lo mismo.

–Si no lo odias, ¿por qué no estás dentro tratando de sacar beneficio de todo esto para Jordan Wines?

–Tenía algo en mente y necesitaba espacio.

–¿Kent?

–Tú.

De repente, él extendió la mano, agarró una de las de Beth y tiró de ella para colocarla entre sus piernas. Ella sintió cómo el deseo se apoderaba de ella hasta el punto de provocarle piel de gallina.

Nico la miró a los ojos con expresión pensativa.

–¿Por qué no puedo dejar de pensar en ti?

Sus miradas se cruzaron durante lo que pareció una eternidad. La respiración de Beth se aceleró inmediatamente. La oscuridad de la noche los envolvía, dándoles la sensación de que el mundo podría desaparecer entre las sombras. De nuevo, era una ilusión peligrosa.

Beth se encogió de hombros para tratar de romper aquel hechizo.

—Porque estás aquí en Nueva Zelanda para verme.

—No me refiero sólo a ahora, sino siempre...

A Beth le habría gustado creer que era porque Nico jamás había dejado de amarla, pero, si esto hubiera sido cierto, habría ido a buscarla. Al menos habría tratado de ponerse en contacto con ella después de que Kent se la llevara del país. Era una fantasía que Beth sólo se había dejado tener en noches oscuras y solitarias. Sabía que si él hubiera ido a buscarla, su propio sacrificio no habría servido de nada. Era mucho mejor que él hubiera dejado de amarla después de que ella se marchara.

Sonrió y ofreció la única razón plausible.

—Probablemente porque soy la única mujer que te ha dejado.

—Tal vez.

Nico entrelazó los dedos con los de ella y la acercó un poco más hacia sí. Beth sintió un escalofrío por la piel, como si su cuerpo reconociera que él estaba cerca.

—Nico, lo que hubo entre nosotros terminó hace mucho tiempo —dijo Beth, para convencerse a sí misma casi tanto como a él.

—¿De verdad? Si ha terminado, ¿por qué estás aquí en la oscuridad conmigo?

–Porque estamos hablando –respondió ella tratando de mantener la voz serena.

–¿Estarías tan cerca de cualquiera de los hombres que hay ahí dentro si estuvieras hablando con ellos?

–No.

–¿Les permitirías esto? –le preguntó. La rodeó con sus brazos y la pegó por completo a su cuerpo. Beth no tardó en sentir la erección de Nico contra el muslo.

–Seguramente no. Lo más probable es que les diera un bofetón.

–Dime que no –le susurró él contra los labios.

–No... –musitó Beth. Entonces, lo besó.

Los labios de Nico sabían a vino, pero le parecía que no podía llegar a ellos lo suficiente. Durante un perfecto instante, volvió cinco años atrás en el tiempo. Se sintió besando al muchacho que amaba en el porche trasero. Cuando él le mordisqueó suavemente el labio, volvió de nuevo al presente. Besar así a aquel nuevo y peligroso Nico era una experiencia nueva para ella y, en muchos sentidos, más atrayente. Le enredó los dedos en el cabello y dejó que él arqueara el cuello para profundizar el beso.

Beth se inclinó sobre él, apoyando la mayor parte de su cuerpo sobre su amplio torso, y lo miró a los ojos, tan oscuros como la noche que lo envolvía. Sintió un escalofrío por la espalda cuando Nico rompió el beso y la observó durante un instante.

–Nico...

Él le besó el cuello y apretó suavemente la lengua contra el punto en el que le latía el pulso en la base de la garganta. Para tratar de recuperar el aliento, Beth levantó la mirada y la fijó en las luces distantes de la ciudad, pero Nico siguió depositando húmedos besos sobre el escote del vestido. Entonces, suavemente, le bajó una de las mangas del hombro e inició así un nuevo camino que lo llevó hasta la parte superior de los senos. Entonces, se detuvo y apoyó la mejilla contra la de Beth y respiró profundamente.

–Beth...

Arqueó la cabeza de nuevo hacia ella. Beth no pudo resistir la tentación y recibió la boca que él le ofrecía para volver a besarlo.

De repente, unas voces cerca de la terraza interrumpieron la ensoñación en la que Beth había caído. Los dos quedaron completamente inmóviles cuando las mujeres salieron por la puerta hacia la terraza.

–No te muevas –le susurró él–. Así no nos verán.

–¡Lo sé! –exclamó una mujer ataviada con un ceñido vestido rojo–. Estuve a punto de llorar cuando él la abrazó sobre el estrado. Después de todo lo que esa mujer ha pasado, me alegro de que alguien la esté cuidando.

–Te aseguro que a mí no me importaría que él me cuidara –dijo una segunda mujer–. Es muy guapo.

Beth sintió la cálida y húmeda lengua de Nico recorriéndole el borde de la oreja antes de que él se metiera el lóbulo en la boca. Ella sintió que las rodillas le temblaban, pero Nico la sujetó con fuerza.

–¿Acaso no lo ha sido siempre? –comentó la que había hablado en primer lugar–. Yo le compraría todas las botellas de vino que me dijera. Deberían tenerlo a él en la etiqueta.

Las sensaciones que le estaba produciendo la suave estimulación de la oreja y el cálido aliento de Nico sobre la piel resultaban casi tan deliciosas como lo había sido el beso. Beth no pudo evitar pensar que ninguna de aquellas dos mujeres sabía en realidad lo sexy que era Nico.

–Mira –dijo la segunda mujer–, ahí está John Willis y está solo. Me muero de ganas por conocerlo...

Las voces de las dos mujeres se fueron debilitando poco a poco. Beth cerró los ojos con fuerza y respiró profundamente. Sabía que debía marcharse también para evitar que lo que estaba ocurriendo entre ellos fuera más allá.

–Tengo que volver dentro.

–Y yo te necesito aquí –susurró él, con voz ronca.

Nada en el mundo podría resultar más seductor que Nico con un esmoquin, con el cabello revuelto y diciéndole que la necesitaba. Sin embargo, no podía quedarse.

–Nico...

–Está bien, tienes razón. Regresemos dentro.

Él se puso de pie y se estiró el esmoquin. Después, se peinó el cabello con los dedos.

–Yo entraré primero –dijo ella. Se colocó el vestido y se tocó los labios para asegurarse de que no llevaba corrido el carmín.

Nico le rodeó la cintura con el brazo.

–Entraremos juntos –afirmó.

Antes de que ella pudiera protestar, la hizo entrar

en la sala. Nico se mostraba lleno de seguridad en sí mismo y de compostura mientras que a ella le costaba acoplarse al rápido cambio de ambiente y de sensaciones. Hacía unos pocos segundos el mismísimo Lucifer la había vuelto loca con sus besos y, en aquellos momentos, volvía a estar en el centro del homenaje de su esposo.

Nico tomó dos copas de Trio y le entregó una a ella. Sus dedos acariciaron los de Beth un poco más de la cuenta.

–Como te he dicho, nos tomamos una copa y nos marchamos. Charla con todos los que puedas mientras la terminas. Regresaré muy pronto por ti.

La pasión que se reflejaba en los ojos de Nico era inconfundible. Tenía intención de seducir, de hacerle el amor, aquella misma noche. La piel de Beth se tensó y el vientre estaba pleno del deseo que aún seguía prendido en él desde el beso que habían compartido instantes antes en la terraza.

En realidad, decidió que Nico no pensaba hacer el amor con ella. Tenía planes para ella, sí, pero sólo relacionados con la pasión, la lujuria y el sexo. Nada de amor.

¿Qué ocurriría si se rendía, si dejaba de luchar contra lo que era inevitable? Si se marchaba con él a la cama, todo habría terminado al día siguiente. Él se marcharía sin conocer la verdad sobre Marco ni sobre el chantaje. Beth, por su parte, tendría un recuerdo más que atesorar.

«Sí, hazlo», le susurró su cuerpo.

Bajo el vestido, su piel desnuda sintió la caricia de

la suave tela que lo cubría. Las puntas de sus excitados senos se erguían contra el sujetador que los cubría. Cada paso que daba, cada movimiento, se convertía en parte de un baile muy sensual.

Habló con varios de los invitados durante un rato. Después, llamó a Andrew y le dijo:

—Lo siento mucho, pero tengo un terrible dolor de cabeza. Creo que se trata de una migraña. Tengo que irme a casa.

—Por supuesto. Me imagino cómo se siente. Como ya le he dicho antes, no dude en decirnos cualquier cosa que podamos hacer por usted.

—Gracias, es muy amable...

Estaba segura de que el deseo se le notaba en la voz. Acababa de sentir a Nico a sus espaldas. Afortunadamente, nadie se dio cuenta. Nadie se percató de lo que estaba pensando, de lo que estaba a punto de hacer...

—¿Le puedo pedir un taxi?

—No hay necesidad. Mi cuñado está aquí. Le pediré que me lleve a casa. ¿Le importaría decirle al resto de los invitados que me he marchado porque no me siento muy bien?

—Por supuesto que no, señora Jordan.

Beth se dio la vuelta y se reunió con Nico decidida a no dejar que él se diera cuenta de lo rápido que le latía el corazón.

—Estoy lista para marcharme.

Nico levantó una ceja muy sorprendido. Le miró el rostro atentamente. Beth sabía lo que quería y él comprendió que ya no estaba empeñada en resistirse a ello.

Asintió por fin.

—Bien —dijo. Le tomó una mano y se la colocó en el hueco del brazo marcándola así como suya aunque sólo fuera por aquella noche. Entonces, la sacó del homenaje que se estaba celebrando en honor a su esposo para llevársela a su cama.

Capítulo Cuatro

Cuando Nico la hizo atravesar el umbral de la puerta de su suite y le quitó el abrigo, Beth vio el interior de la estancia y dudó.

Todas las superficies estaban iluminadas por velas encendidas, tantas que resultaban suficientes para proporcionar una suave luz a la enorme sala. Jarrones de flores perfumaban el aire y...

Resultaba evidente que él lo había planeado todo. Lo había planeado mucho antes de ir a recogerla aquella tarde. Antes de que ella hubiera accedido a acompañarlo al hotel.

El pánico se apoderó de ella. ¿Qué estaba haciendo allí? Quería que Nico le hiciera el amor, pero quería que, efectivamente, fuera hacer el amor. Aquello no tenía nada que ver con el amor. Para él, era exclusivamente un asunto inacabado. Tal vez incluso suponía para él una especie de desafío volver a acostarse con ella.

El hombre que le había parecido el del pasado en la terraza de la bodega había desaparecido. Tal vez lo había imaginado. El Nico que tenía delante de ella en aquellos momentos era el mismo que había llamado a su puerta aquella mañana, el hombre con el corazón de granito y los ojos llenos de pecado. Se sentía como un pez fuera del agua, como si estuviera jugando con el diablo.

La tensión del día, del momento, de la noche amenazó con abrumarla, pero no podía permitirlo. Rezó para que siguiera existiendo algún vestigio del Nico que ella tanto había amado, del hombre que hubiera sido capaz de mover montañas para evitarle sufrimientos, y se dio la vuelta.

–He cambiado de opinión.

–¿Me estás pidiendo que crea que te puedes marchar de aquí como si nada?

Nico le enmarcó el rostro entre las manos. Beth lo miró a los ojos y comprobó que el pasado y el presente, la pérdida y la necesidad se mezclaban hasta que ella no supo si se encontraba en el cielo o en el infierno. De lo único que estuvo segura era de que aquello era inevitable.

Nico bajó la boca hacia la de ella. Beth separó los labios sin pensarlo para permitir que la lengua de él le invadiera la boca y se dejó llevar por el beso. Llevaba deseando aquello muchos largos años. En aquellos momentos, tras tener sobre la suya la boca de Nico, ansiaba más, lo necesitaba todo. Fue más que un beso. Fue como regresar a los orígenes.

Nico la abrazó con fuerza, pero no lo suficiente. Beth le pudo quitar la pajarita y comenzar a desabrocharle los botones para deslizarle las manos sobre la ardiente piel. Él gruñó y se echó a temblar, pero no rompió el beso. ¿Cómo había podido vivir ella sin ese contacto? Aparte de la alegría de la maternidad, llevaba muerta desde la última vez que yació con él.

Le separó ambos lados de la camisa y le tocó todo lo que pudo, volviendo a aprender su cuerpo, descubriendo nuevas formas en él. Tenía los bíceps más poderosos que entonces. Arañó la firme carne para plasmar mejor aquellas nuevas líneas. El abdomen era tan liso y duro como lo había sido siempre y la piel tan cálida como la recordaba.

Nico se apartó de ella con la respiración acelerada y los ojos cerrados, como si quisiera recuperar el control. Entonces, se quitó la camisa y la pajarita con un único gesto. Beth contuvo la respiración. Nico siempre había sido magnífico, pero los años lo habían convertido en mucho más que eso. Era como un dios romano, como la estatua viva de uno de los maestros italianos.

El suave vello cubría el torso que antes había estado liso y suave. Beth levantó la mano y lo acarició. Efectivamente, había cambios, pero aquél seguía siendo el torso que conocía. El que tantas veces había acariciado en una cama o al aire libre o entre los barriles de la bodega a últimas horas de la noche, fuera donde fuera donde encontraban intimidad para dar rienda suelta a su pasión.

Le acarició los pectorales, ansiosa por tocar toda la piel que pudiera y luego fue bajando poco a poco, deslizando las yemas de los dedos sobre los músculos que abultaban el abdomen de Nico.

–Tienes magia en los dedos –susurró él, con voz tensa.

Unos labios de terciopelo acariciaron los de ella. El beso fue más allá de lo físico. Bordeaba una experiencia mística que Beth se sentía incapaz de oponerse. Sólo podía dejarse llevar.

Sin romper el vínculo que los unía, Nico desabrochó el vestido de Beth y dejó que la tela color melocotón cayera al suelo y se amontonara alrededor de los pies de ella. Entonces, apartó la boca de la de ella y le capturó las manos.

–Sólo dame un momento para poder verte.

Ella arqueó el cuerpo, tratando de contactar con el calor que emanaba del de él. Sólo el hecho de poder tocar el torso desnudo de Nico era mucho más de lo que había pensado que la vida volvería a concederle.

–Nico –gimió–, tócame. No dejes de tocarme...

Con una mano, él le desabrochó el sujetador color melocotón y lo arrojó sobre el sofá. Entonces, se llenó las manos con los senos de Beth, apretándoselos ligeramente y frotándolos con los dedos.

–Exquisito –susurró–, cada centímetro cuadrado de tu cuerpo es exquisito...

Entonces, se arrodilló y lentamente, muy lentamente, le bajó las braguitas. Beth se inclinó hacia delante y le hundió las manos en el cabello mientras él seguía llevando la prenda hacia el suelo. Cuando terminó, ella levantó primero un pie y luego el otro para que Nico pudiera despojarle de la delicada prenda y arrojarla junto al sujetador. Beth quedó completamente desnuda delante de él, a excepción de los zapatos de tacón plateados que se había puesto para la fiesta. Se dispuso a completar la tarea.

Nico se lo impidió.

–No. Los zapatos se quedan.

Beth se despreocupó de los zapatos y echó mano al cinturón de él, pero, una vez más, Nico se lo impidió.

–Nico, déjame...

–Tenemos que dejar de ir tan deprisa. Llevo mucho tiempo deseando este momento y no quiero que la experiencia desaparezca en medio de una necesidad desatada.

Beth parpadeó. Él tenía razón. Aquélla sería la única noche que iban a pasar juntos. No podían desperdiciarla.

–Está bien.

Nico sonrió. La tomó en brazos y la llevó a la cama. Allí, la dejó cuidadosamente sobre el edredón de raso. Permaneció inmóvil encima de ella durante unos largos instantes, apoyado sobre los puños que había colocado a ambos lados del cuerpo de Beth. En sus ojos, se reflejaba la ternura que solía demostrarle en el pasado. Al ver aquello, Beth sintió que se le hacía un nudo en la garganta.

Ese gesto desapareció inmediatamente. Entonces, se colocó encima de ella, pero sin tocarla. En ese momento, el único sentimiento que se le reflejaba en los ojos era el deseo en estado puro. La fuerza de esa pasión la derretía por completo. Beth se echó a temblar y le agarró con fuerza, tratando de conseguir que se tumbara completamente sobre ella. Llevaba esperando aquel momento desde el instante en el que abrió la puerta de su casa doce horas antes. La excitación sexual la acompañaba desde que él fue a buscarla a su casa para el lanzamiento y el deseo se había convertido casi en un dolor físico desde que se besaron en la terraza de la bodega. Estaba más que lista para acogerlo dentro de su cuerpo. Lo necesitaba desesperadamente.

—Ahora —le susurró. Le hundió las uñas en el trasero a través de los pantalones, tratando de unirlo más a ella.

Nico no se movió ni siquiera un centímetro.

—Accediste a que nos tomáramos las cosas con calma...

Ella le apretó el trasero con más fuerza. Ya no le importaba lo que había acordado con él. Entonces, Nico le agarró ambas muñecas y se las levantó por encima de la cabeza. Allí, se las sujetó con una mano y sonrió.

—No podré saborearte lo suficiente si sigues haciendo eso.

Bajó la boca para besarla. Le deslizó la lengua entre los labios con la seguridad de un hombre que sabe que es bienvenido. Sin las manos, el único modo en el que ella podía corresponderle era con la boca y arqueando las caderas para provocarle.

Cuando sintió que la pelvis de Beth le rozaba la entrepierna, Nico lanzó un gruñido y no tuvo más remedio que seguirla cuando ella volvió a dejarse caer sobre la cama. Se apretó contra ella soltándole las manos para acariciarle con las suyas los costados.

El hecho de sentir el peso de Nico sobre ella estuvo a punto de llevarla al clímax.

–Nico... Oh, Dios, Nico...

Él se inclinó un poco sobre ella y con una mano le asió un seno y capturó el pezón entre los dientes. Mientras él tiraba suavemente, Beth sintió que el pulso que le latía en el vientre igualaba el ritmo que Nico marcaba con la boca. Se volvió loca de placer, pero no le importó. Lo único que importaba, que existía, era Nico.

La mano de él abandonó el seno que acariciaba y trazó un delicado sendero por las costillas de ella, por el abdomen, dejando que las duras yemas generaran exquisitas sensaciones. Beth tembló de deseo, ansiando acogerlo plenamente, dejar que él la poseyera.

Nico detuvo la mano en la entrepierna de Beth y la hundió un poco para permitir que se deslizara por el lugar que más ansiaba sus caricias. Un gemido de placer se escapó de los labios de Beth cuando sintió que él comenzaba a acariciar un seno con la boca mientras le introducía un dedo y luego otro. Al mismo tiempo, el pulgar acariciaba un delicado punto por encima de ellos. Nico la estaba asaltando por todos los frentes, abrumándola con placenteras sensaciones.

Beth agarró con fuerza el edredón con ambas manos. Deseaba mucho más. Las sensaciones que él le estaba dando no eran suficientes, pero, al mismo tiempo, eran tantas que estaba a punto de comenzar a arder.

Con la respiración acelerada, levantó las manos para tocarle el torso, los brazos, todo lo que podía. Se estaba disolviendo, desvaneciéndose en una nube de deseo. El pensamiento racional parecía haberla abandonado. Sólo le quedaba la necesidad que sentía de Nico.

Gemía de placer, lanzando la cabeza de un lado a otro, incapaz de aguantarlo un segundo más.

–Nico, por favor...

Un gesto de victoria brilló en los ojos color chocolate de él durante un instante antes de que bajara la boca al centro del deseo de Beth y la llevara más allá del placer con sólo un movimiento de la lengua. Ella explotó una y otra vez en oleadas de tormentoso gozo, subiendo más y más, hasta llegar a un lugar en el que no existía nada más. Sin embargo, como notaba los brazos de Nico a su alrededor, se sentía segura. Sabía que, en aquel momento, estaba en el lugar al que más pertenecía.

Las sensaciones fueron abandonándola lentamente, a pesar de que dulces sacudidas aún convulsionaban su cuerpo. Nico la abrazó fuertemente mientras recuperaba fuerzas hasta que ella comenzó a buscarle de nuevo. Entonces, se quitó los pantalones, se colocó un preservativo y con un largo y poderoso movimiento, la penetró. Apretó los dientes y cerró los ojos mientras que Beth, por su parte, gozaba sintiendo cómo él la llenaba, cómo se unía a ella para hacerle el amor.

De repente, él se retiró, lo que provocó en ella la desesperación. No pudo contener un grito de protesta. Entonces, Nico le levantó una rodilla y le dio un tórrido beso en la parte interior del tobillo. A continuación, levantó la pierna hasta colocársela sobre el hombro. El cuerpo de Beth temblaba ante lo erótico de aquel movimiento, pero el corazón le latía vigorosamente al ver que él la estaba mirando a los ojos. Los dos compartían un vínculo que siempre había sido inconfundible, pero, después de aquello, ninguno de los dos podría volver a negarlo. Los dos se pertenecían el uno al otro, encajaban perfectamente el uno en el otro.

Nico volvió a deslizarse dentro de ella, sujetándose con la fuerza de sus brazos. La pierna de Beth que le había colocado sobre el hombro se movía al mismo ritmo que él. En pocos segundos, el deseo volvió a adueñarse de Beth. Le hundió las uñas en la espalda mientras él inclinaba la cabeza para besarla dejando que los cálidos alientos de ambos se fundieran en uno.

Ella volvía a estar muy cerca del clímax. Durante un instante, trató de contenerse, de hacer que aquel instante durara todo lo posible. Si aquello era lo único que Nico podía ofrecerle, sólo aquella noche, quería aprovechar cada gota de placer, cada instante de aquel íntimo contacto.

Sin embargo, él siguió estimulándola, excitándola. Cuando le colocó la mano justo en el lugar en el que se unían sus cuerpos, consiguió con un rápido movimiento del pulgar que el cuerpo de Beth explotara de gozo y que se fundiera con él, con el universo.

Pocos segundos después, Nico siguió el mismo camino. Luego se tumbó a su lado tratando de tomar aire.

—Creo que no me puedo mover —susurró ella.

Nico arqueó una ceja.

–Pues es mejor que te recuperes rápidamente, *bella*, porque te aseguro que me vas a decir que me vuelves a desear muy pronto. De hecho, espero que sea así toda la noche...

Cuando él la tocó, Beth se sorprendió respondiendo a él. La recuperación parecía del todo completa.

Al día siguiente, analizaría cómo aquella noche había cambiado la situación entre ellos. En aquel instante, sólo tenía un pensamiento. Recibió los besos y las caricias de Nico de muy buena gana. Se encontraba dispuesta para todo lo que él hubiera planeado.

Capítulo Cinco

Nico se despertó lentamente. Estaba abrazado a Beth. Parpadeó para evitar que el sol del amanecer le cegara los ojos. Se sentía pleno y feliz por primera vez desde hacía años. Ninguna otra mujer le había dado nada como aquello. Tampoco el éxito económico le había reportado tanta satisfacción.

Apretó el rostro contra el cuello de ella y aspiró el cálido aroma de la piel. Olía a Beth, a pasión, a sexo y a deseo por él. Lo había echado tanto de menos. La había echado tanto de menos a ella...

«Desde que se vendió a mi hermanastro».

La felicidad que había experimentado tan sólo unos instantes antes se evaporó enseguida, dejando tan sólo el dolor que llevaba cinco años siendo su compañero. El dolor de la traición. Todos los músculos se le tensaron. Se apartó de ella inmediatamente.

Había necesitado desesperadamente pasar una noche más con ella, pero ya no habría más. No podría volver a permitirse tener una relación con Beth.

Ella suspiró en sueños y se abrazó a la blanca almohada. El cabello, completamente, le cubría el rostro. Tenía un aspecto tan inocente, tan vulnerable...

Nico sintió dudas. ¿Podría alejarse de ella? Experimentó una extraña sensación en el pecho. ¿Y si ella malinterpretaba lo que había significado la noche que acababan de compartir y esperaba más? ¿Se sentiría herida cuando se marchara?

Sacudió la cabeza para librarse así de todo sentimentalismo. Aquélla era la mujer que lo había abandonado sin mirar atrás. No dejaría que ella volviera a engañarlo. Apretó la mandíbula y cerró las puertas de su corazón. No era la misma persona que había confiado ciegamente en ella. Había levantado barricadas y fortificaciones alrededor de su corazón que nadie podía penetrar.

Sin hacer ruido, se marchó del dormitorio. Agarró los pantalones antes de salir y comenzó a ponérselos mientras llamaba por teléfono al conserje.

–Buenos días, señor Jordan. ¿En qué puedo ayudarlo?

–Me gustaría que me pidiera un taxi –respondió mirando al reloj. Eran las ocho y diez–. Para dentro de quince minutos.

–Me temo que anoche hubo un evento en una de las grandes bodegas de la zona y todos los taxis están llevando a los invitados al aeropuerto. Llamé hace unos minutos para otro huésped y me han dicho que hay una lista de espera de dos horas. ¿Quiere que haga la reserva de todos modos?

–No. Organizaré otro medio de transporte –replicó. Colgó el teléfono y se frotó el rostro. Se lo tenía que haber imaginado. Después de todo, él mismo había asistido a aquel evento. Con Beth.

Tendría que llevarla personalmente a su casa. ¿Cómo iba a poder enfrentarse a ella después de la noche que habían compartido? ¿Cómo iba a poder llevarla hasta su casa y despedirse de ella en la puerta? Diez minutos antes, después de despertarse a su lado, había estado a punto de olvidarse de su traición. No podía cometer ese error. Debía romper por completo con ella y enviarla a casa en un taxi habría sido el modo perfecto de hacerlo.

Regresó al dormitorio, se puso una camisa y se apoyó contra el umbral mientras se la abotonaba. Verla tumbada sobre la cama despertó de nuevo el deseo en él. Recordó lo ocurrido la noche anterior entre aquellas sábanas. Y en la ducha. Y contra la pared.

Contuvo un gruñido. Tenía que olvidarla. Necesitaba que ella se marchara enseguida antes de que cometiera una estupidez como meterse con ella en la cama y volver a hacerle el amor.

–Beth... Beth.

Ella se despertó y se estiró en la cama. Se incorporó lentamente. La sábana se le cayó para dejar al descubierto los senos que tanto había adorado Nico la noche anterior.

–Nico... –susurró mientras se apartaba el cabello del rostro. Entonces, sonrió.

Nico apretó los labios y observó cómo la calidez y la alegría desaparecían repentinamente del rostro de ella. Supo que Beth acababa de comprender que aquella mañana las cosas eran muy diferentes. Ella parpadeó y se cubrió con la sábana.

–Te llevaré a casa –dijo él.

Beth asintió.

–Por supuesto. Deja que me vista. ¿O acaso preferirías echarme a la calle envuelta sólo con la sábana? –le espetó.

–Como prefieras –replicó encogiéndose de hombros para que ella se diera cuenta de lo poco que le importaba–. Estaré abajo, en el coche.

Con eso, agarró llaves, teléfono y cartera y, tras ponerse chaqueta y zapatos, se marchó sin mirar atrás. No le gustaba que ella siguiera teniendo tanto poder sobre él, tanto que ni siquiera pudiera quedarse en la misma habitación que ella sin estar seguro de que no terminaría haciéndole el amor. En cinco largos años, ninguna otra persona, en especial una mujer, había tenido poder alguno sobre él. Beth le había enseñado muy bien el peligro que aquello tenía.

Se puso la chaqueta en el ascensor y bajó al aparcamiento. Se dirigió hacia su coche y se montó en él. Mientras tamborileaba el volante con los dedos, se preguntó si ella tardaría mucho en vestirse. No tardó en tener su respuesta. Minutos después, el ascensor se abrió y Beth salió del mismo ataviada con el vestido melocotón que llevaba la noche anterior. Ni siquiera se había peinado. Esa imagen, que le daba el aspecto de acabar de levantarse de la cama, despertó el deseo en Nico, pero no tardó en contenerlo. En aquellos momentos, no podía dejar que el deseo lo dominara.

Beth se dirigió al coche y se sentó, con la cabeza

muy erguida. Se negó a mirarlo. Mejor. Nico arrancó el coche y lo hizo andar. Él tampoco quería conversación.

Efectivamente, recorrieron la corta distancia que los separaba de casa en un completo silencio. El ambiente que reinaba en el interior del coche era aún más gélido que la fría mañana de invierno que había en el exterior.

Cuando por fin llegaron a la casa en la que Beth vivía, la intención de Nico era dejarla en la puerta y marcharse. Sin embargo, su atención se vio distraída por el hecho de que había otro coche y una pareja de ancianos en la puerta de la casa. Reconoció a los padres de Beth inmediatamente. Beth le había dicho que Mark estaba con ellos aquel fin de semana, lo que seguramente significaba que, en aquel momento, el niño estaba en la casa.

Por fin iba a conocer a su sobrino, lo que había sido uno de los objetivos principales de aquel viaje.

Apagó el motor del coche, salió y se dirigió a la pareja. Beth echó a correr detrás de él.

Nico le ofreció la mano al padre de Beth.

–Señor Jackson.

El padre de Beth no se movió. Se limitó a observar el desaliñado aspecto de su hija y se volvió a Nico con gesto de ira y desaprobación en el rostro.

–Veo que has venido de nuevo a olisquear donde no debes.

Nico retiró la mano, dándose cuenta por fin, aunque demasiado tarde, de que acababa de llevar a su casa a la hija de aquel hombre después de haberla estado amando toda la noche. Cualquier padre estaría molesto.

—Quiero que sepa...

—Abandonaste a nuestra hija cuando ella...

Beth se colocó rápidamente entre los dos hombres y agarró la mano de su padre.

—Papá, Nico tiene que marcharse. No queremos entretenerlo.

La señora Jackson intervino.

—Sólo hemos venido por la nave espacial de Mark. Es su juguete favorito y se le olvidó llevarlo a casa para el fin de semana.

—Nico —dijo Beth volviéndose a él—. No queremos entretenerte. Estoy segura de que tienes un millón de cosas que hacer en la bodega antes de marcharte.

Nico la miró a los ojos y le pareció ver un motivo oculto detrás de tanta determinación. Siempre le había resultado fácil leer la mirada de Beth y, a pesar de que ella se esforzaba por mantener escondidos sus sentimientos, sentía una profunda desesperación. Quería que él se marchara.

—No me voy a ir a ninguna parte hasta que no haya conocido a mi sobrino...

—¿Sobrino? —repitió el padre.

—En segundo lugar, quiero que alguien me explique qué...

En aquel momento, un pequeño rostro se asomó por la ventanilla del coche y se iluminó al ver a Beth.

—¡Mamá! —exclamó. Se bajó rápidamente del vehículo y se arrojó a sus brazos—. Se me ha olvidado mi nave espacial.

Beth tomó al niño en brazos y lo estrechó con fuerza, cubriéndole con una mano el oscuro cabello. Nico frunció el ceño. La imagen no le encajaba. Siempre se había imaginado que el niño de Beth y Kent tendría el cabello rubio como ellos...

De repente, sintió que el mundo se desmoronaba a su alrededor cuando encajó la última pieza del rompecabezas. No podía ser verdad, pero, sin embargo...

El niño hizo que su madre lo dejara en el suelo. Entonces, agarró la mano de su abuelo y tiró de ella.

–Vamos, abuelo. Me dijiste que, cuando tuviera mi nave, podríamos ir al parque.

Los ojos de Mark eran oscuros y su rostro era una réplica casi exacta de las fotos de Nico cuando era un niño. ¿Sería posible que...?

Recordó la última noche que pasó con Beth antes de que ella se marchara. Hicieron el amor en el viñedo. El cuerpo de ella estaba bañado por la luz de la luna. Recordó las noches antes de aquélla. ¿Habían utilizado anticonceptivos? ¿Todas y cada una de las veces? ¿Podría ser aquel niño el producto del amor de Beth y él?

Su instinto le decía que estaba en lo cierto. Mark era su hijo, a pesar de la edad que se suponía que tenía. Podría ser que le hubieran mentido incluso para que no conociera la verdad. Para mantenerlo alejado de su hijo...

De repente, le costó mantenerse de pie. Tenía un hijo. Mark era su hijo.

Su hijo.

Un niño que llevaba su sangre. Sintió un nudo en la garganta y tragó saliva una y otra vez. Aquel niño que tiraba de la mano de su abuelo era su hijo. De joven, había querido desesperadamente tener hijos, tener descendencia con Beth.

Parecía que su deseo se había cumplido. Sintió que la piel se le ponía de gallina. Su sueño se había hecho realidad sin que él se diera cuenta.

Con la cabeza aún dándole vueltas, miró a Beth.

–Tenemos que hablar. Ahora mismo.

El señor Jackson lo miró y frunció el ceño.

–No lo sabías, ¿verdad?

–No –replicó Nico.

Durante un instante, todos los presentes parecieron quedarse atónitos. Nadie pronunció una palabra ni movió un músculo. Incluso el niño pareció darse cuenta de que ocurría algo raro.

Fue la madre de Beth la que rompió el silencio. Se inclinó sobre su hija y le dio un beso en la mejilla.

–Es mejor que nosotros nos vayamos.

El padre de Beth extendió la mano, ofreciéndole a Nico el apretón que antes le había negado. Nico se la estrechó porque había comprendido que el padre de Beth no había formado parte de aquella red de secretos y mentiras. Al menos, se alegraba de eso. Siempre había respetado a los padres de Beth.

Observó cómo los dos metían a Mark en el coche y se marchaban. Cuando Beth y él se quedaron a solas y ya no hubo posibilidad de disgustar al niño, a su hijo, Nico se volvió hacia la mujer que lo había traicionado a tantos niveles.

–¿Y bien?

Beth respiró profundamente y asintió. Entonces, se volvió, entró en la casa y lo invitó a pasar al salón.

–Quiero una prueba de paternidad –dijo él en cuanto estuvieron dentro.

–¿Acaso estás cuestionando que sea tu hijo? –preguntó Beth. Jamás había esperado que él reaccionaría de aquella manera.

–Sé que es mi hijo, pero necesito que me confirmes que es sí.

Beth asintió. Era una petición razonable teniendo en cuenta las circunstancias.

–Llamaré a un laboratorio a primera hora de mañana lunes.

–¿Por qué me ocultaste que tenía un hijo?

–Si hubiera tenido elección...

–Siempre existe elección –replicó él.

Beth se tensó. Nico tenía razón. Tenía que contarle la verdad, fueran cuales fueran las consecuencias.

Al menos, podía contarle parte de la historia, lo suficiente para que él comprendiera. Con pasos temblorosos, se dirigió a un sillón y se sentó. Entonces, trató desesperadamente de encontrar las palabras.

–Kent me chantajeó para que me casara con él. Tenía que marcharme aquella noche y no volver a ponerme en contacto contigo.

–¿Me estás diciendo que Kent no te pagó? –preguntó Nico tras acercarse a ella.

–Claro que no. Ni todo el dinero del mundo...

Nico se mesó el cabello con las manos y se dejó caer en el otro sillón.

–Me dijo que te había comprado...

–Si hubiera tenido elección, jamás habría estado con un hombre como Kent. Y... y entonces no sabía que estaba embarazada.

–¿Te habría hecho eso cambiar de opinión?

Beth no estaba segura. Embarazada o no, Nico y su padre aún habrían estado en peligro por la información que Kent tenía en su poder.

–No lo sé –dijo–. Cuando Kent se enteró de que yo estaba embarazada, lo añadió como otra condición para el chantaje. Si yo te hablaba de nuestro hijo o si tenía contacto contigo o si te decía que él me estaba chantajeando, entonces...

–Entonces, haría público el asunto con el que te estaba amenazando.

–Así es.

Nico apoyó los antebrazos sobre las piernas y la miró atentamente. Tenía la sospecha reflejada en la mirada. Evidentemente, se negaba a creerla completamente.

–Dime de qué se trata.

Beth se había imaginado que le haría aquella pregunta. Sería muy fácil contarle toda la verdad. De hecho, resultaba hasta tentador poder liberarse de la tensión con la que llevaba años cargando. Sin embargo, contarle a Nico toda la verdad sería un acto de egoísmo por todas las consecuencias que tendrían sus palabras. Tim y Nico no se merecían que sus vidas cambiaran de aquel modo. Además, contarle la vedad en aquel momento sería permitir en cierto modo que Kent se saliera con la suya.

–Beth, dime con qué te amenazaba...

–No puedo. Por favor, no me pidas eso...

–¡Kent está muerto! Todo lo que pudieras temer de él ha desaparecido hace tiempo.

–Lo siento, pero no puedo...

–¿Por qué no?

–Todavía no puedo. Algún día...

–Eso es absurdo. Kent ya está muerto –insistió él.

–Lo sé, pero... Mira, Nico. Te aseguro que todo esto es mucho más complicado de lo que parece.

Él apretó la mandíbula y respiró profundamente antes de volver a tomar la palabra, como si tratara así de tranquilizarse.

–No voy a permitir que me sigas teniendo alejado de Mark. Es mío. No me rendí nunca cuando pensaba que era mi sobrino, con lo que ahora que sé que es mi hijo, nada va a conseguir apartarme de él.

Beth sintió una profunda alegría en el pecho por el hecho de que el verdadero padre de Marco estuviera dispuesto a luchar por él.

Nico se puso de pie y se colocó delante de la chimenea, de espaldas a Beth.

–Ya me he perdido los primeros pasos, su primera sonrisa. Jamás volveré a recuperar eso. La traición me ha impedido ver cómo mi hijo aprendía a andar y a correr. He perdido la oportunidad de mostrarle muchas cosas. No voy a permitir que siga siendo así.

–Ni yo voy a pedírtelo...

Sin embargo, ¿cómo iba Beth a poder soportar estar tan cerca de él, amar a Nico desesperadamente y no tenerlo? ¿Ocultarle un secreto durante tanto tiempo? Sería la peor clase de tortura.

–Sin embargo, tienes que prometerme, Nico, que dejarás el resto de las cosas en paz. Podrás ver a Mark, pero no me pedirás detalles del pasado.

Él abrió los ojos de par en par, como si ella le hubiera pedido la cosa más ridícula del mundo.

–No te voy a prometer nada de eso.

–Nico, te lo suplico. Hazlo por Marco.

–¿Marco? –repitió él muy asombrado–. Pensaba que se llamaba Mark.

Beth respiró profundamente y asintió. Le debía a Nico aquella información.

–Así es, oficialmente.

Se levantó y se dirigió a una cómoda. Abrió el cajón y sacó la colección de fotografías que normalmente tenía colocadas por toda la habitación. Con gran ternura, agarró un marco que contenía una fotografía en la que aparecía Marco en el parque corriendo detrás del dálmata de sus padres. Siempre había sido una de sus favoritas por la expresión de alegría que el niño tenía en el rostro y por el increíble parecido que tenía con su padre.

Se acercó a Nico y se la entregó.

–En mi corazón, y cuando los dos estamos a solas, siempre lo he llamado Marco. Él cree que es un apodo cariñoso, pero era el nombre más parecido al tuyo que pude encontrar.

Cuando Nico tomó la foto entre sus manos, tuvo que tragar saliva. Los ojos de Beth se llenaron de lágrimas al verlo, pero logró contenerlas.

–Era todo lo que podía darle de su padre.

–Te aseguro que ahora tendrá mucho más –afirmó él, conteniendo a duras penas la emoción–. Marco me tendrá a mí. Lo has tenido apartado de mí durante mucho tiempo, por lo que ni se te ocurra meterte en medio mientras conozco a mi hijo.

–Te juro que no lo haré.

–Además, no pienso ser un padre de ésos de vez en cuando. Tendrás que compartirlo conmigo a partes iguales.

Nico no lo decía como advertencia y Beth lo sabía, pero, ¿cómo iba a poder soportar estar en contacto constantemente con él para compartir la custodia del niño, estar tan cerca y a la vez tan lejos del hombre que amaba?

Una lágrima que no pudo controlar se le deslizó por la mejilla.

–Nico, tienes que creer que lo siento mucho.

Él apretó la mandíbula mientras colocaba la foto sobre una mesita de café. Entonces, la miró fijamente, como si estuviera esperando más.

Otra lágrima siguió el camino de la primera. Ansiaba que él la tomara entre sus brazos y le ofreciera consuelo.

–Estos años sin ti, han sido mi propio infierno privado. Estar casada con ese hombre... –susurró, temblando. Se secó el rostro. Necesitaba decirle aquello. Necesitaba que él comprendiera–. Si no hubiera sido por Marco, no sé cómo habría sobrevivido.

Nico extendió una mano y le acarició la barbilla con las yemas de los dedos. Sin embargo, la expresión que tenía en los ojos era atormentada. Había dos bandos enfrentados en su interior.

–Ya no está –dijo, con voz tensa.

Beth lo miró a los ojos. Quería creer que había mucho más en sus palabras, casi quería soñar que podría ser cierto. Sin embargo, notó que la sospecha aún se reflejaba en ellos. No pudo contener otra lágrima, que se le deslizó por la mejilla cuando dejó de mirarlo para bajar los ojos al suelo.

Capítulo Seis

Nico no podía tocarla sin desear más. Hasta la más ligera caricia en la barbilla despertaba en él un poderoso y oscuro deseo. Le recorrió el cuerpo con la mano y sintió cómo ella se echaba a temblar. Una noche en la cama con Beth no lo había ayudado a sacársela del corazón. Además, parecía que el sentimiento era mutuo. Le levantó el rostro, bajó la boca y la besó, deslizándole la lengua entre los labios mientras la estrechaba contra su cuerpo.

No quería desearla tanto. Había exorcizado sus demonios, la había seducido para que suplicara sus caricias. En cuanto organizara todo para poder mantener el contacto con Marco y encontrara los papeles que su padre quería, tenía que marcharse.

Ya sabía que Beth no se había casado con Kent por dinero, pero si había algo en su pasado con lo que Kent había podido chantajearla y ella no había confiado en Nico para que la ayudara, no era la mujer a la que había creído amar. Beth le había ocultado algo, su hermanastro lo había averiguado y lo había explotado en su beneficio. No había futuro entre ellos. Debía dar por terminado aquel beso...

Sólo una caricia más...

Le acarició suavemente el costado y los senos. Ella gimió de placer y comenzó a acariciarle el torso. Maldición... ¿Cómo podía dejarla, dejar lo que había entre ellos y no volver a tocarla nunca más? Le acarició los pezones a través de la tela del vestido, animándolos a que se irguieran. No deseaba nada más que tumbarla en el suelo y poseerla.

De repente, Beth se apartó de él.

–No, Nico. No voy a volver a hacer esto –dijo dando un paso atrás.

–Tu boca me dice que no, pero tus manos me cuentan algo completamente diferente.

–Tienes que marcharte.

–No voy a hacerlo hasta que hayamos acordado todo lo referente a Marco.

–En ese caso, tendrás que darme espacio. Necesito... Necesito quitarme este vestido.

Con eso, Beth se dio la vuelta y salió corriendo por un largo pasillo.

Nico se frotó el rostro con las manos. ¿Por qué todo lo referente a Beth le resultaba tan duro? No podía mantener las manos alejadas de ella, no podía olvidarla, pero... A pesar de que Kent no la había pagado para que se marchara aquella noche y que ella no había querido abandonarlo, lo había hecho. Se había marchado y le había ocultado el nacimiento de su hijo. ¿Le habría contado alguna vez la verdad sobre Marco si él no lo hubiera descubierto?

Había demasiadas preguntas sin resolver. Demasiados asuntos delicados. Lanzó una maldición y fue en busca de Beth.

Dedujo cuál era su dormitorio y se detuvo frente a la puerta. Allí dentro estaba la cama que había compartido con su hermano. Sabía que debía marcharse, pero no podía. Una mórbida curiosidad tiraba de él.

Beth se había desabrochado el vestido cuando él entró. Al verlo, lo arrojó sobre la cama y se giró hacia el armario.

–¿Tenías intención de contarme alguna vez lo de Marco?

–Sí –respondió ella, sin volverse.

–¿Tenías en mente alguna fecha en concreto o tal vez estabas esperando a que se te acabara la suerte y te quedaras al descubierto?

–Te lo iba a decir, pero en estos momentos no te puedo decir nada más. Sin embargo, debes creer que te estoy diciendo la verdad.

–¿Y cómo puedo creerlo? –preguntó él–. Te lo digo en serio, Beth. Dime algo que pueda comprender. Algo que pueda creer.

Beth se dio la vuelta y cerró los ojos. Una lágrima se le escapó entre las pestañas.

–Ahora no puedo hacerlo, Nico. De verdad que no puedo –afirmó. Se giró de nuevo hacia el armario y sacó un par de pantalones y un jersey–. Ahora, voy a darme una ducha.

Nico recordó la ducha que habían compartido la noche anterior y la comparó con la escena que estaban viviendo en aquellos momentos. Entonces, se sintió muy confuso. Seguramente, era mejor que ella se hubiera marchado a ducharse. Así, él podría tratar de ordenar los pensamientos y los sentimientos que había experimentando a lo largo de aquella mañana antes de que comenzaran a tratar asuntos más serios sobre su hijo.

No iba a alejarse de Marco, pero, ¿qué relación podría tener con un niño que vivía en otro país? Podría verlo en vacaciones, cuando él las pasara en Australia. También podría ir a verlo a Nueva Zelanda con el avión de la empresa un par de fines de semanas al mes. Sin embargo, eso apenas le parecía suficiente.

Sin saber por qué, se acercó al guardarropa de Beth y comenzó a examinar las prendas que colgaban de las perchas. Sacó una, de la que colgaba una minúscula prenda de seda roja. Era la clase de vestido que una mujer se ponía para atraer a un hombre.

Todos los músculos de su cuerpo se tensaron.

Abrió la puerta del cuarto de baño y se lo extendió a Beth.

—Para una mujer que afirma haber estado viviendo un infierno, tienes un buen número de vestidos provocativos —le espetó.

—Eso no es un vestido —replicó ella, asomando la cabeza por la cortina de la ducha—. Son dos chales unidos por un cinturón.

Nico apretó la tela en la mano. Beth no había negado la implicación que él había hecho. La parte más racional de su cerebro le decía que podía haber muchas explicaciones para aquello. Además, ¿importaba en realidad que tuviera un vestido sexy?

Apretó los dientes. Sí que importaba porque ella se estaba presentando como víctima en su relación con Kent. Además, aunque Kent hubiera sido el chantajista, ella no quedaba libre de toda culpa. Había hecho algo que se había merecido que Kent quisiera chantajearla y, además, había decidido que Marco fuera un secreto para su propio padre.

No se podía decir que un corazón puro fuera capaz de aquellos actos.

Cerró con fuerza la puerta del cuarto de baño y regresó al dormitorio. Allí, miró el vestido y tuvo que reconocer lo que ella había dicho. Entonces, ¿por qué...?

Kent se lo había comprado.

Volvió a meter el vestido en el armario. Se sentía furioso con Beth y con Kent. Miró a su alrededor, buscando algo de su hermano que lo ayudara a centrar su ira, pero no había nada. Ni un solo objeto masculino. Siguió investigando, buscando algo de Kent...

En ese momento, la puerta del cuarto de baño se abrió. Beth salió con el cabello mojado y las mejillas rosadas por el calor.

—O has retirado a tu esposo de este dormitorio muy rápidamente... o no compartíais habitación.

Ella dudó antes de contestar.

—El dormitorio de Kent estaba al otro lado de la casa. Él jamás puso un pie aquí.

—¿Ni siquiera una vez?

—No. Trató de persuadirme para que compartiéramos dormitorio en la primera casa en la que vivimos, pero le dejé muy claro que, aunque yo era su esposa, no le dejaría que poseyera mi cuerpo. Cuando nos vinimos a vivir a esta casa, ya había perdido el interés. Así que no, ni siquiera una vez.

–¿Soy el primer hombre que entra en este dormitorio?

–Sí.

Nico dio un paso al frente, pero se detuvo antes de llegar adonde estaba ella. No lograba ordenar sus pensamientos. Beth había estado casada con un hombre que no era el padre de su hijo y con el que no había compartido lecho. Kent debía de tener algo muy poderoso sobre ella, un secreto del pasado que Nico debía conocer.

–Quiero que me digas por qué te estaba chantajeando Kent.

–Ya te he dicho que no quiero que me preguntes eso. Sólo tienes que confiar en mí. Ahora no puedo contártelo.

–¿Confiar en ti? ¿Y cómo puedes tú decirme eso, cuando has cedido al chantaje todos estos años, cuando llevas escondiendo a mi hijo de mí desde que nació?

–No puedo culparte por lo que acabas de decirme, pero tú me conoces, Nico. En lo más profundo de tu ser me conoces.

–Ahí es donde te equivocas. No te conozco, pero sí conozco tu cuerpo... muy bien –susurró. Dio un paso hacia ella–. Sé cómo te tiembla la piel cuando siente el contacto de mis manos...

Volvió a dar un paso al frente hasta que los dos estuvieron prácticamente juntos.

–Sé que cuando estoy tan cerca de ti, las pupilas

se te dilatan como si no pudieras soportar perderte nada.

Beth cerró los ojos con fuerza, como si estuviera experimentando un fuerte dolor.

–Nico, esto no es buena idea. Sabes que no lo es...

–Lo que sé es que cuando me acerco a ti, tu aroma es muy dulce –susurró, mientras trataba de tomarla entre sus brazos para olfatearle el cuello.

Ella levantó los brazos y le detuvo.

–¿Por qué debemos pasar por eso? Es tan sólo una tortura para ambos.

Nico extendió las manos y agarró las de Beth. Entonces, se las llevó al rostro para poder examinarlas más detenidamente.

–Conozco estos dedos –dijo mientras besaba las yemas de dos de ellos. Al oír cómo la respiración de Beth se entrecortaba, el pulso se le aceleró a él–. Sé que cuando te beso, tú me devuelves el gesto.

Volvió a besarla, ligera, suavemente. Luego se retiró un poco, retándola a que fuera tras él. Beth dudó un segundo antes de perseguir la boca de él y de reclamarla. El deseo que Nico experimentó en su interior se intensificó. El hecho de que los labios de Beth mostraran tanto deseo hacia él lo excitaba profundamente. Levantó las manos para enmarcarle la cabeza, para sujetársela y así satisfacer las demandas de su boca.

Tardó mucho en apartarse de ella. Lo hizo con la respiración agitada, sujetando aún el rostro de Beth entre las manos.

–Tal vez haya habido algunos cambios en este rostro en los años que hemos estado separados, pero aún lo conozco como si fuera el mío –dijo él.

Miró los hermoso labios de Beth, enrojecidos por el beso. La necesidad se apoderó de él. La deseaba, como siempre, pero tenía que mantener el control, no perderse en ella. Jamás.

Beth le colocó las manos sobre el pecho y lo frotó suavemente, como si quisiera notar sus contornos bajo la tela de la camisa. Nico cerró los ojos para poder experimentar la sensación plenamente. Podía disfrutar de aquel momento sin perderse. Era cuestión de control. De fuerza de voluntad.

–Nico...

Él abrió los ojos y la miró. Entonces, enganchó un dedo sobre el escote del jersey que ella llevaba puesto y se lo bajó todo lo que pudo. Nunca antes había visto tal perfección. Inclinó la cabeza y depositó un beso sobre aquella piel, pero deseaba más, necesitaba más. Dejó al descubierto el sujetador lila que cubría los senos de Beth y, sin poder contenerse, apartó la tela para recorrerle el erecto pezón con la lengua.

Ella comenzó a mesarle el cabello con los dedos y a gemir de placer. El deseo que Nico experimentó fue tal que la levantó y la colocó sobre la cama en la que nunca había yacido un hombre... hasta aquel día.

Se tumbó sobre ella, inmovilizándola contra el colchón. Entonces, se incorporó un poco para poder bajarle los pantalones que ella se había puesto. A medida que iba dejando al descubierto la piel, la iba besando.

–Reconocería estas piernas en cualquier parte. Su longitud, la forma de las pantorrillas, las dos pecas que tienes debajo de la rodilla...

Cuando las tuvo ambas al descubierto, se arrodilló entre ellas y se las colocó alrededor de la cintura.

–Y conozco bien su tacto cuando me rodean la cintura...

La tela de los pantalones que él llevaba puestos formaba una barrera entre la carne de ella y la de él, lo que le permitía a Nico una cierta contención por el momento. No se perdería en ella del modo en el que lo había hecho hacía años. Entonces, había creído en el amor, pero lo que ocurría entre ellos en aquellos momentos era simplemente algo físico. Si se dejaba escapar de nuevo, sabía que pondría en peligro su corazón y eso era impensable con una mujer en la que no podía confiar.

–Nico, déjame tocarte –susurró Beth mientras le sacaba la camisa del pantalón para luego quitársela por la cabeza.

Cuando ella le arañó suavemente el torso con las uñas, la sensación que experimentó le quitó el aliento. En el pasado, Nico se había preguntado en muchas ocasiones si se cansaría alguna vez de ella e incluso entonces había conocido la respuesta. No.

Sin embargo, también conocía la diferencia entre desear su cuerpo y perder el corazón.

Beth le desabrochó el cinturón. Nico se inclinó hacia un lado, sobre un brazo, para poder utilizar la otra mano para bajarse los pantalones y los calzoncillos y poder quitárselos. Entonces, se colocó plenamente entre las piernas de Beth. Saboreó las sensaciones durante un largo instante antes de sacarse un preservativo de la cartera, que estaba con los pantalones sobre el suelo, y colocárselo.

Cuando se hundió en ella, Beth contuvo la respiración y se aferró fuertemente a sus hombros. Nico se quedó completamente inmóvil para recuperar el aliento antes de moverse de nuevo. Los temblores le recorrieron el cuerpo al sentir que ella igualaba su ritmo. Una fuerza en su interior lo animaba a incrementar la velocidad.

–Dios, Beth...

Cuando ella le clavó las uñas en la espalda, Nico perdió por completo el control. No podía pensar en nada que no fuera el cuerpo de Beth, en su pasión, en los sonidos que hacía al encontrar el clímax, en sus propias sensaciones al llegar al orgasmo.

Durante unos minutos, no existió nada. Nico la abrazó con fuerza. La trabajosa respiración de ambos estaba completamente sincronizada. Era como si el Cielo pudiera existir en la Tierra. Así era como se sentía teniendo a Beth entre sus brazos después de hacerle el amor.

Se estiró un poco y miró a su alrededor. Este hecho bastó para que el paraíso se rompiera en pedazos y volviera a recordar la situación en la que ambos se encontraban. Lanzó una maldición y se tumbó de espaldas.

Había muchas razones por las que no debería haberse acostado con ella una vez más, pero no era capaz de recordar ninguna. Era como si Beth llenara por completo sus sentidos, sin dejar espacio para nada que no fuera ella misma. La razón, las dudas, el conocimiento... Todo se desvanecía y dejaba sólo a Beth.

Escuchó la pesada respiración de ella y sintió que algo despertaba en su interior. Había querido arrebatársela a Kent, pero no lo había conseguido. Había sido un gesto vacío. No había futuro para ambos. Ella tenía aún secretos para él. Seguiría escondiéndole a su propio hijo si Nico no lo hubiera visto con sus propios ojos.

Al pensar en su hijo, sintió que se le hacía un nudo en el pecho. Debería centrarse en él. Era Marco el que debía arrebatarle a Kent.

—Quiero conocer a mi hijo —le dijo a Beth.

Capítulo Siete

Beth tembló por el esfuerzo de controlar el revuelo que se produjo en su corazón. Su cuerpo aún relucía por el amor que Nico le había dado, pero, inesperadamente, él había vuelto a realizar exigencias.

Podría ser que ya no lo conociera. Los ojos le escocían por las lágrimas que no quería derramar. ¿Por qué seguía deseando que él volviera a ser el hombre que había conocido? Nico había cambiado increíblemente y ella ya no tenía manera de comprender o anticipar su comportamiento.

Se le ocurrió un horrible pensamiento. ¿Le habría hecho Nico el amor a modo de táctica? ¿Como parte de un elaborado plan para conseguir estar con Marco?

Se colocó un brazo por encima de los ojos. No. Nico no necesitaba hacer eso. Tal y como él había afirmado muy acertadamente, tenía todo el derecho del mundo a relacionarse con Marco. Además, el niño se beneficiaría sin ninguna duda de un hombre al que le interesaba verdaderamente. Así, no tendría que preguntarle nunca más por qué no quería papá jugar con él o por qué no lo quería papá, tal y como a Marco le había ocurrido con Kent. Esas preguntas le habían roto a Beth el corazón.

No había duda alguna de que el hecho de que padre e hijo se conocieran era lo mejor. En realidad, era lo que siempre había soñado y lo que, en secreto, siempre había esperado que ocurriera.

No obstante, en sus fantasías siempre se había querido asegurar de que todo fuera perfecto. Siempre había pensado que lo mejor era preparar a Marco para que él estuviera relajado y receptivo. Preparar hasta el último detalle. Aquella primera reunión sería la base para la relación que ambos tendrían en el futuro. Un encuentro apresurado suponía un riesgo demasiado alto.

Miró a Nico a los ojos. El deseo que tenía de conocer a su hijo se le reflejaba en la mirada.

De repente, él tomó el teléfono y le entregó a Beth el auricular.

—Llámalos.

—No estoy segura de que sea el momento adecuado.

—Se te olvida que también es mi hijo. Las decisiones que conciernen a Marco ya no tienen que ver sólo contigo.

Tenía razón. Aun así...

—Deja que prepare algo más planeado. Que le hable primero a Marco.

—¿Acaso estás cuestionando mi habilidad de establecer vínculos con mi propio hijo?

La verdad era que los niños siempre se le habían dado muy bien. Los adoraba y, normalmente, también ocurría lo mismo a la inversa. Tenía que admitir, por tanto, que Marco seguramente lo adoraría. Sin embargo, no podía sumergir al pequeño de lleno en aquella nueva relación. Necesitaba hacerlo poco a poco. Por lo tanto, pondría al menos una condición.

–Primero, necesito que accedas a algo.

–¿Me vas a sugerir algo que retrase más nuestro encuentro?

–Mira, Nico. Debes comprender que todavía no le puedes decir al niño que eres su padre.

–No me puedes negar algo así.

–Como tú mismo has reconocido, ni siquiera te conoce. Sólo te ha visto brevemente esta mañana. ¿Cómo crees que reaccionaría si se le viene todo esto encima, en especial cuando hace tan sólo un par de semanas que ha tenido que enfrentarse a la muerte del que creía su padre?

Recordó lo mal que lo había pasado su adorado hijo. A pesar de que Kent jamás se había ocupado como era debido de su hijo, Marco lo había querido porque pensaba que era su padre.

Este hecho, le llevó de nuevo a cuestionarse la oportunidad de aquel encuentro. Decidió que no le quedaba más remedio y que el niño lo llevaría bien siempre y cuando se hiciera cuidadosamente. Nico tenía que entenderlo.

–Esto no tiene nada que ver contigo ni con lo que tú necesitas. Tampoco tiene que ver conmigo, sino con un niño de cuatro años, un niño pequeño, que necesita tiempo. Su mundo es demasiado inestable como para lanzarle sorpresas inesperadas.

Nico se cruzó de brazos y la miró con gesto impasible. Sin embargo, parecía estar considerándolo.

–Está bien –dijo él, por fin–. ¿Cómo me propones tú que lo hagamos?

Beth lanzó un suspiro de alivio y le ofreció una sonrisa de agradecimiento.

–Puedes verlo hoy y luego en los próximos días yo le diré en el momento que me parezca más adecuado que tú eres su padre. Así, tendrá un rostro que asociar a tu nombre y no le causaremos tanta ansiedad.

Nico se frotó suavemente la sien.

–Entonces, ¿quieres que finja que yo no soy nada para él?

–Bueno, debes tener en cuenta que, hasta ahora, siempre ha creído que Kent era su padre y él asocia tu nombre al de su tío. Por un día, tendrá que bastar.

Nico asintió secamente, pero las nubes de tormenta que se reflejaban en sus ojos oscuros traicionaban sus verdaderos sentimientos. Comprendía la desesperada necesidad de una madre por proteger a su hijo, pero también ardía en deseos de proclamarle al mundo que Marco era carne de su carne. No obstante, se recordó que todo esto ocurriría muy pronto, tan pronto como Beth estuviera segura de que Marco estaba preparado.

Ella tomó el teléfono y marcó un número. Entonces, esperó hasta que su madre respondió.

–Hola, mamá. Soy yo.

–Hola, cariño. ¿Va todo bien? Menuda situación la de esta mañana. No sé si hicimos lo correcto marchándonos.

Beth miró al hombre que estaba tumbado a su lado, observando, escuchando. Tragó saliva.

–Estoy bien. Todo va bien.

–No puedes hablar. Él sigue contigo, ¿verdad?

–Sí. Mira, ¿estás haciendo algo con Mark? Me gustaría que lo trajeras para que pudiera conocer... a su padre.

Su madre lanzó un suspiro.

–Entonces, ya se sabe todo. ¿Cuáles son tus planes?

Beth cerró los ojos.

–Mamá, ¿podemos hablar de esto más tarde?

Su madre volvió a suspirar, pero no tardó en responder tal y como Beth había esperado.

–Por supuesto, tesoro. ¿Quieres que llevemos a Mark a la casa?

Beth abrió los ojos. Se imaginó la reunión y decidió que sería mejor que no se vieran por primera vez en la casa. Necesitaba un lugar más neutral, más divertido para Marco. Así el niño se mostraría más receptivo..

–¿Qué te parece el parque que hay en la bodega?

–Estupendo. Podemos estar allí dentro de quince minutos.

–Gracias, mamá. Ah, no le digas nada sobre Nico. Se lo explicaré yo a Mark cuando lleguéis allí.

Con eso, colgó el teléfono y miró a Nico.

–Van a ir al parque que hay cerca de la bodega.

–Estupendo. Vamos entonces –dijo él. Se levantó inmediatamente de la cama.

Los dos se vistieron rápidamente y se dirigieron al

Alfa de Nico. Beth se sentía muy nerviosa. Deseaba desesperadamente que todo saliera bien.

–¿Hay algo que yo debería saber? –le preguntó Nico mientras arrancaba el coche.

Beth se tensó. ¿Le estaba preguntando que si ella le había guardado más secretos? ¿Se habría imaginado que el secreto por el que Kent la había chantajeado tenía que ver con él?

–¿A qué te refieres?

–No sé. Me podrías decir el juego favorito de Marco. Si tiene alergias. Si le gustan las cosquillas...

Beth se relajó y sonrió. No la estaba acusando de nada. Sólo quería conocer detalles sobre su hijo antes de conocerlo.

–Su juego favorito es el pilla-pilla. Tiene intolerancia a la lactosa, pero no creo que ese tema vaya a surgir en el parque. Adora que le hagan cosquillas y también le gusta hacer cosquillas a los demás.

Nico asentía a cada detalle de información que ella le daba como si estuviera archivándolo todo. Entonces encendió los limpiaparabrisas del coche y la miró rápidamente.

–Debe de haber algo más que puedas decirme –añadió solemnemente.

–Te aseguro que no necesitarás nada más, Nico. Te adorará.

Nico volvió a asentir. Respiró profundamente, pero no dijo nada más. Realizaron el resto del trayecto en silencio. Cuando llegaron al parque, los padres de Beth ya estaban esperando sentados en un banco. Marco, por su parte, estaba corriendo con Misty, el dálmata.

Nico rodeó el coche para abrir la puerta de Beth, pero, en vez de cerrarla cuando ella salió, se quedó observando a Marco con Misty pisándole los talones. Sintió que se le hacía un nudo en la garganta.

—Es mío —susurró.

Beth le dio la mano y él se la estrechó con fuerza. A pesar de todas sus diferencias, en aquello estaban unidos.

Marco se tropezó y cayó al suelo, riendo como un loco con el gorro de lana que llevaba puesto ligeramente torcido. Misty se abalanzó sobre él para lamerle la cara y haciendo que el niño se retorciera de risa.

—Es perfecto —susurró Nico.

—Sí —afirmó Beth. Era el producto de su amor. Nada hubiera podido ser más perfecto que aquel niño.

Entonces, él le soltó la mano y respiró profundamente.

—Quiero conocerlo —dijo.

Beth asintió. Mientras se dirigían a la hierba, ella trató de convencerse de que aquella reunión no era tan importante. Marco simplemente iba a conocer a su tío. Sin embargo, en realidad, sabía que había mucho más. Las primeras impresiones eran muy importantes y aquélla iba a ser la primera vez que Marco se relacionaría con su padre, aunque él no lo supiera.

Los padres de Beth se pusieron de pie y estrecharon la mano de Nico. Éste se mostró absolutamente encantador con ellos. La facilidad con la que hablaba contrastaba profundamente con el modo en el que había hablado con ella en varias ocasiones a lo largo de los dos últimos días. Sonreía constantemente. Se mostraba como el yerno perfecto.

Kent había tratado de establecer una buena relación con los padres de ella cuando creyó que aún había posibilidad de que su matrimonio con Beth pudiera ser real, pero ni su madre ni su padre habían sentido afecto alguno por él. Todo lo contrario que el modo tan entusiasta en el que respondían a Nico en aquellos momentos.

Desgraciadamente, a pesar de ser el padre de su nieto, Nico jamás sería su yerno.

Incapaz de soportar los sentimientos que estaban apoderándose de ella, Beth se dio la vuelta y llamó a Marco. El niño levantó la cabeza y fue corriendo hacia su madre. Cuando llegó a su lado, se aferró con fuerza a sus piernas.

—¡Mamá, estaba persiguiendo a Misty!

El corazón de Beth se llenó de amor hacia su hijo. Lo abrazó con fuerza. Le habría gustado mucho poder protegerle de todas las complicaciones en las que había estado metido en su corta vida. Sobre todo, de un padre de pega que nunca mostró verdadero cariño hacia él y, principalmente, del hecho de no haber disfrutado de su verdadero padre, algo que ni siquiera todo el dinero del mundo podría comprar.

No obstante, confiaba en que todo eso pudiera cambiar, empezando desde aquel mismo día.

Marco se soltó de ella y le susurró al oído:

—Mamá, ¿quién es ese hombre?

Beth se volvió y vio que Nico se había quedado solo. Sus padres se habían alejado un poco, para que los tres pudieran tener más intimidad. Al escuchar que el niño preguntaba por él, se acercó inmediatamente.

–Soy tu tío Nico de Australia.

Marco sonrió tímidamente al que, en realidad, era su padre. Nico se arrodilló para ponerse a su nivel.

–Hola, Marco.

–¿Has visto alguna vez un canguro?

Nico se echó a reír.

–En realidad, sí –respondió. Misty se acercó para oler los zapatos de Nico. Él acarició suavemente las orejas del perro–. Veo que te gustan los perros.

–Sí. Misty es mi mejor amigo.

–Pues yo voy a comprarte otro mejor amigo. Te voy a regalar tu propio perro. ¿Te gustaría?

–¡Sí! –exclamó Marco. Inmediatamente, se lanzó a los brazos de Nico.

Beth sintió que el corazón se le deshacía como la miel. Marco raramente se relacionaba con los extraños tan rápidamente. ¿Acaso existía un vínculo invisible entre ellos por ser padre e hijo que los ayudaba a relacionarse más fácilmente? Podría ser que se tratara simplemente del encanto natural de Nico. Siempre conseguía lo que quería... incluso volver a meterla en la cama.

Marco se soltó de él de repente y miró a Nico a los ojos, tan parecidos a los suyos.

–¿Y Misty? Me echará mucho de menos. Me quiere mucho. El abuelo siempre me lo dice.

Nico sonrió.

–Sí. Ya veo que te quiere mucho, pero estoy seguro de que le gustará mucho tener otro perro con el que jugar. A lo mejor se hacen amigos.

–¡Sí, es cierto! –exclamó el niño muy contento–. ¡Mamá! El tío Nico va a comprar un perro para Misty y para mí.

Los ojos le brillaban con una alegría tan pura e inocente que Beth no pudo resistirse y lo abrazó efusivamente.

Nico la observó atentamente para ver si ella lo desafiaba en lo que se refería al perro. Beth no lo hizo. Ella quería que Marco tuviera una mascota. Kent había sido el que siempre había vetado la idea de un perro para el niño. Ninguna súplica por parte del niño podría hacerle cambiar de opinión.

A Beth la idea le parecía genial. Asintió a Nico y colocó una mano sobre la cabeza del niño.

–Ya lo he oído. Será maravilloso.

Marco sonrió a su madre y se volvió a mirar a Nico inmediatamente.

–Podríamos ir mañana.

Nico sonrió y sacudió la cabeza.

–Lo siento, pero mañana tengo que tomar un avión por la mañana, así que no estaré aquí cuando abra el albergue. Sin embargo, te prometo que me ocuparé de todo muy pronto.

Marco se quedó satisfecho y agarró una de las manos de Nico y tiró de ella.

–¿Quieres venir conmigo a ver el tobogán?

Nico se puso de pie con un rápido movimiento y siguió a Marco. El niño subió corriendo por la escalera y se deslizó rápidamente por la rampa.

—¡Atrápame, tío Nico! —exclamó, instantes antes de caer sobre los fuertes brazos que ya lo esperaban.

Nico lo tiró al aire y consiguió que el niño riera a carcajadas. Parecía feliz. Beth lo observó atentamente y vio que sus labios esbozaban una amplia sonrisa que no había visto desde que tenía veinticuatro años. El viento le revolvía el cabello. Estaba tan guapo y tan feliz...

«Dios santo, lo amo tanto...».

Efectivamente, el amor que Beth sentía por él era tan profundo que no comprendía cómo había podido sobrevivir tantos años sin él. Sólo verle a su lado servía para alimentarle el alma. Sin embargo, precisamente por ser un amor tan puro había tenido que huir con Kent. Ninguna fuerza de la Tierra la habría obligado a permanecer inmóvil sin hacer nada viendo cómo el hombre al que tanto amaba sufría.

Su madre le golpeó suavemente en el hombro.

—Toma, cariño, ¿por qué no pones esto en el suelo? —le sugirió ella mientras le entregaba dos mantas.

Beth se dio cuenta de que su madre llevaba también cestas con comida. Su padre y ella estaban sacándolo todo del coche. Sonrió por la consideración de sus padres y extendió las mantas sobre la hierba. A continuación, ayudó a colocar la comida que sus padres habían preparado tan rápidamente. Por último, abrazó a su madre con fuerza.

—Gracias, mamá.

—No hay por qué darlas —replicó su madre con una sonrisa—. De todos modos, habíamos pensado hacer un picnic, por lo que ya teníamos las cestas preparadas. Sólo he añadido unas cuantas cosas más para que haya suficiente para todos. Nos pareció que tal vez Nico y tú aún no hubierais tenido oportunidad de comer...

–No, aún no hemos comido –respondió Beth. Efectivamente, hacía poco más de una hora, ella estaba en la cama entre los brazos de Nico.

–Ya sabes que yo siempre aprecié mucho a ese muchacho –comentó su madre.

Beth tuvo que morderse el labio para evitar que le temblara por la emoción.

–Lo sé...

Su madre le golpeó afectuosamente el brazo y se marchó. Beth permaneció observando a Nico y a Marco durante unos instantes antes de llamarlos.

Mientras comían, Marco le estuvo contando a Nico cómo era su relación con Misty, le explicó cuáles eran sus libros favoritos y los juguetes que tenía. Nico le escuchaba atentamente, pero no podía evitar mirar a Beth de vez en cuando para ver cómo reaccionaba ella sobre algo que Marco hubiera dicho. Las comparaciones eran inevitables. Kent jamás había mostrado interés alguno por el niño

Cuando la madre de Beth sugirió que había llegado el momento de marcharse, Beth se sorprendió al ver lo rápido que había pasado el tiempo.

Como ya había acordado con sus padres que Marco pasaría con ellos ese fin de semana, Beth decidió no cambiar los planes, a pesar de lo mucho que ansiaba estar con su hijo para que le hablara de lo que le había parecido Nico. Lo sentó en el coche de sus padres y le colocó el cinturón de su silla adaptada. Nico observaba la escena con una cierta distancia, como si quisiera darle aquel momento de intimidad con sus padres y con su hijo. Cuando el coche se alejó y desapareció, él se volvió para mirarla.

–Tenemos que hablar de algunas cosas.

–Podemos volver a mi casa si quieres. ¿O prefieres ir a tu hotel?

–Aquí está bien.

–Está bien –dijo ella, aunque la elección de Nico para hablar de algo que, evidentemente, era muy importante, le pareció extraña–. Tu dirás. ¿Qué quieres decirme?

–Nos casaremos en cuanto pueda organizarlo todo –respondió, con voz neutra y gesto inescrutable.

Beth se sintió completamente anonadada por lo que acababa de escuchar. Por segunda vez en su vida, uno de los hermanos Jordan le pedía en matrimonio, sólo que, en aquella ocasión, era mucho peor. Era el hermano con el que había soñado siempre casarse. Había escuchado por fin las palabras, pero no le parecía que éstas hubieran sonado como una proposición de matrimonio basada en el amor.

–¿Por qué?

–Marco necesita vivir con su madre y con su padre en la misma casa y tener a los dos completamente implicados en su vida.

Beth trató de controlar los alocados latidos de su corazón y de encontrar el modo de replicar a Nico. En aquellas condiciones, el matrimonio quedaba completamente descartado.

—Creo que nos puede tener a los dos sin estar casados ni vivir juntos.

—No voy a aceptar eso –replicó él–. Marco necesita que estemos casados.

Beth se sintió ofendida por aquellas palabras.

—No me digas lo que necesita. Soy su madre. Lo conozco muy bien.

—Pues hasta ahora, lo único que has hecho ha sido darle a Kent y evitar que tuviera contacto con su verdadero padre y con un abuelo que lo adoraría.

Beth abrió la boca para replicar, pero no lo hizo. Aquel dardo había dado en el blanco, justo en el lugar en el que residía el sentimiento de culpabilidad por lo que había hecho.

—Entiendo lo que quieres decir, pero te aseguro que he sido una buena madre para él.

—Y yo habría sido un buen padre.

—En su momento, habrías sido el mejor padre del mundo, de eso no me queda duda. Y siento más de lo que te puedes imaginar que las cosas hayan ocurrido así porque te han cambiado.

—¿Qué quieres decir?

Beth miró a su alrededor para tratar de ordenar sus pensamientos. Otra familia había llegado al parque. Una madre, un padre y dos niños pequeños. Una familia de verdad. Los ojos le escocían al verlos reír tan fácilmente. Si ella se casara con Nico, crearía una falsa familia. Una vez más. Una mentira que le rompería el corazón todos los días.

Dio un paso atrás. Se sentía completamente helada hasta los huesos, pero se enfrentó a él y levantó la barbilla.

–No voy a casarme contigo, Nico. No me venderé otra vez para entregarme a un hombre que no me ama, aunque esto supusiera que Marco puede vivir en la misma casa que su padre.

Esto la destruiría a ella cuando lo amaba más que nunca.

Al menos, con Kent había podido cerrar el corazón, sentirse así protegida. No tendría defensa alguna contra Nico. Más que nada, Marco necesitaba que su madre estuviera entera emocionalmente para poder proporcionarle un hogar feliz y estable. A Marco no le serviría de nada tener a sus padres en la misma casa y verse sujeto constantemente a tensiones.

Nico la miró.

–¿Que no te vas a casar conmigo? –preguntó con el gesto triste.

Beth permaneció inmóvil. ¿Era todo aquello por Marco? El corazón comenzó a latirle con fuerza en el pecho mientras contemplaba lo impensable. ¿Sería posible que una parte del amor que Nico le tuvo a ella hubiera sobrevivido cinco años?

Ella ciertamente seguía amándolo. De eso no tenía dudas. Y si, a pesar de todo, Nico aún sentía algo por ella, ¿podrían conseguir que su relación funcionara? Recordó las palabras que él había pronunciado el día del lanzamiento del nuevo vino en la terraza de la bodega.

«¿Por qué no puedo dejar de pensar en ti? No sólo ahora, sino siempre...».

Tal vez era una locura seguir esperando. Tal vez Beth se estaba engañando. Sin embargo, existía una oportunidad verdadera de que los dos pudieran tener una verdadera familia.

Sólo había una cosa de la que tenía que asegurarse. Tenía que hacer la pregunta antes de descartar esa posibilidad para siempre.

Capítulo Ocho

El corazón le latía tan fuerte que casi sentía que el cuerpo se le estremecía con cada latido. Nico se colocó las gafas para protegerse los ojos del brillante sol de invierno y de la mujer que tenía delante de él.

No se iba a casar con él. Beth viviría con su hijo mientras que él tenía que vivir en otra parte.

Se sentía inquieto. Necesitaba hacer algo con la adrenalina que emitía su cuerpo. Los viñedos cercanos al parque le parecieron una buena opción.

—Me voy a dar un paseo —dijo, tratando de controlar la voz.

Beth asintió.

—Te acompaño.

Nico aceptó con una leve inclinación de cabeza. Los dos se dirigieron a los viñedos cercanos y comenzaron a pasear entre ellos. La negativa de Beth a casarse con él ocupaba todos sus pensamientos. Se negaba a ser tan sólo un padre de fin de semana. Después de conocer a Marco y de conectar verdaderamente con él, no se imaginaba el hecho de vivir sin él. Era un niño estupendo y necesitaba un padre que le enseñara cosas, cosas que podría aprender de un padre que viviera en la misma casa que él.

Además, se le ocurrió un pensamiento que le resultó insoportable. ¿Y si Beth volvía a casarse? ¿Y si otro hombre empezaba a vivir con Marco el día a día? ¿Y si otro hombre ocupaba la cama de Beth por las noches, la tenía entre sus brazos y se perdía dentro de ella?

Se detuvo en seco y se volvió a mirarla.

–Dime lo que hace falta para conseguir que cambies de opinión sobre lo de casarte conmigo.

Beth tardó unos instantes en contestar. Cuando lo hizo, respondió con otra pregunta.

–¿Por qué quieres casarte conmigo?

–Por Marco. Es lo mejor para él.

–¿No hay ninguna otra razón?

–¿Y qué otra razón podría haber?

No obstante, mientras pronunciaba la pregunta, no pudo evitar que una imagen de Beth debajo de él y entre las sábanas le llenara los sentidos.

Beth dio un paso atrás y lo miró con un cierto desafío en los ojos.

–¿Hay alguna oportunidad para nosotros?

Nico se tensó. ¿Cómo podía ella preguntarle eso? ¿Es que no se acordaba de lo mucho que se había esforzado por mantener ocultos ciertos sórdidos secretos?

–Si lo intentáramos –añadió ella–, ¿crees que con el tiempo nuestro matrimonio podría convertirse en algo real?

–Supongo que eso depende de tu definición de lo que un matrimonio real –replicó él, con un tono cínico en la voz.

–Ya sabes cuál es mi definición del matrimonio, Nico.

Él se cuadró de hombros y la miró fijamente.

–Compartiremos una casa, una cama y a Marco –replicó él. Era todo lo que podía ofrecerle.

–Marco, una casa y una cama –repitió ella. Los ojos le brillaban.

–¿Acaso te atreves a pedir más?

–No me conformaré con nada que no sea una relación real si vuelvo a casarme, Nico, pero eso no lo podemos tener, ¿verdad?

–No –le espetó él. Con eso, se marchó entre las viñas.

Aquel examen de su corazón, el hecho de que lo hubiera vuelto a abrir le resultaba intolerable. Se había pasado cinco años con el corazón escondido bajo varias capas de escudos protectores y lo único que Beth quería era apartárselas sin propósito alguno para ello.

–Dicen que el tiempo cura todas las heridas –le dijo ella mientras se acercaba de nuevo a él.

Lleno de incredulidad, Nico se dio la vuelta para mirarla. Jamás olvidaría el hecho de que ella lo hubiera abandonado sin explicarse ni advertírselo de modo alguno. Jamás perdonaría el hecho de que le hubiera ocultado la existencia de su hijo para proteger un oscuro pasado.

–Hay algunas cosas que no se pueden curar.

Beth asintió lentamente.

–Veo que no vas a confiar nunca en mí.

–¿Cómo podría hacerlo después de lo que has hecho? –preguntó él.

–Supongo que no puedo esperar más que eso, pero no puedo casarme en esas condiciones, Nico –afirmó ella dando un paso atrás–. Siempre había esperado que algún día pudieras perdonarme, que, por lo mucho que habíamos compartido, pudieras encontrar el perdón para mí en tu corazón.

Nico apretó los dientes. Sí. Él también había pensado en una ocasión que habían compartido algo especial. Que ella era especial, diferente del resto de las mujeres falsas y ambiciosas que siempre lo habían rodeado hasta entonces. Sin embargo, Beth había terminado por dejar por fin al descubierto quién era de verdad. En realidad, no era diferente de las demás. Le había jurado que nada podría apartarlo de su lado, pero se había marchado del país con su hermano a las primeras de cambio.

–Está bien –dijo él, tratando de controlar sus sentimientos–. Hablemos de confianza. Demuéstrame que confías en mí y cuéntame con qué te estaba chantajeando Kent.

–No puedo...

–Eso es lo que dices tú. No confiaste en mí entonces y no lo vas a hacer ahora.

Beth le suplicó compasión con la mirada, pero había perdido ese derecho el día en el que ocultó la existencia de su hijo y le robó años, días, minutos y segundos irremplazables.

–Nico...

–No obstante, supongo que podría darte las gracias por una cosa. Antes de conocerte, yo era demasiado ingenuo. Creía en el amor, en la fidelidad, en la lealtad...

Sin embargo, aprendí bien la lección. No volveré a entregarle el corazón a nadie para que pueda pulverizarlo rápidamente. No volveré a confiar en nadie.

Llevaba viviendo su vida con ese credo desde que Beth lo abandonó y no estaba dispuesto a cambiar su filosofía, mucho menos por la mujer que le había enseñado perfectamente aquella lección.

Todo había terminado.

A pesar del deseo, de la necesidad que Beth tenía de Nico, no iban a volver atrás. Contempló la espalda de él mientras se alejaba de su lado. Completamente destrozada, lo siguió. Comprendió que, en realidad, todo había terminado la noche en la que ella se marchó hacía ya cinco años sin darle explicación alguna. Había creído que él podría volver a amarla... No era así.

Cuando llegó de nuevo al parque, vio que él la estaba esperando junto al coche. Nico le abrió la puerta para que pudiera montarse.

—Nico —dijo, cuando él estuvo también sentado en el interior del vehículo—. ¿Llevas así de enfadado conmigo desde el momento en el que nos separamos?

—No, me lo he pasado estupendamente desde que te marchaste. ¿Acaso no lees los periódicos? —le espetó él.

Efectivamente, Beth había leído artículos sobre fiestas de tres días, de grandes sumas de dinero gastadas en los casinos o de potentes barcos en la Riviera Francesa.

–Ese hombre no es el mismo que yo conocí –afirmó ella. El hombre al que había amado más que a su propia vida–. Has cambiado. Me duele mucho pensar que puedas seguir así para siempre...

–Bueno, es una realidad que todo el mundo cambia. Siento que mis cambios no cuenten con tu aprobación –repuso con un hiriente sarcasmo en la voz.

–No queda nada de lo que tuvimos una vez, ¿verdad? Incluso nuestros recuerdos están viciados. No nos queda pasado, ni presente ni futuro.

–Eso no es cierto. Siempre estaremos unidos por Marco, pero no veo razón alguna por la que tengamos que tener un papel el uno en la vida del otro.

La amargura con la que él hablaba dolió profundamente a Beth. Se mordió los labios para que no le temblaran. Ella había sido la responsable del cambio que se había producido en Nico, aunque no hubiera tenido elección alguna.

No servía de nada lamentarse de lo ocurrido. Después de todo el amor que él le había dado tan libremente cuando los dos eran más jóvenes, Beth le debía más. Le debía todo el consuelo que pudiera ofrecerle.

¿Qué podía hacer? Después de todo, él no quería verla.

Se agarró con fuerza el cinturón de seguridad.

–¿Crees que volveremos alguna vez a amar a otra persona? –susurró ella, con voz ronca–. Me refiero, al modo en el que lo hicimos antes de que todo esto empezara.

–No –contestó él–. Nunca he amado a nadie del modo en que te amé a ti.

Esa pequeña confesión le cortó la respiración. Aún tenía una oportunidad. Ya no tenía ninguna duda. Suya era la responsabilidad de conseguir que volviera a ser el de entonces. Tenía que ayudarlo a sacar de nuevo la ternura que había en él. Marco la necesitaría. Incluso el propio Nico la necesitaba, tanto si se daba cuenta como si no.

El modo en el que los dos habían hecho siempre el amor había sido apasionado, pero tierno a la vez, la antítesis de lo ocurrido la noche anterior, que había tenido más que ver con el hecho de que él pudiera recuperar lo perdido. También había sido mucho más de lo que había compartido aquella mañana en su dormitorio.

Tal vez podría llegar a él haciendo el amor tal y como lo habían hecho hacía cinco años, con el corazón y con el alma, sin barreras, sin autoprotección. Estaba segura de que, de algún modo, Nico respondería a eso. Sabía que no tenía garantía, pero era el único plan que tenía. Curarle con el amor que sentía por su bien y por el de Marco.

Nico aparcó por fin delante de la casa de Beth, pero no apagó el motor. A pesar de que el corazón le latía alocadamente, Beth se armó de valor. Si no lo hacía en aquel momento, no lo haría nunca.

–¿Te gustaría entrar? –le preguntó.

Nico frunció el ceño. Ella lo había sorprendido. Buen comienzo. Tenía que estar siempre un paso por delante de él si quería que su plan funcionara.

Él se pasó una mano por el cabello.

–¿De qué iba a servir?

–Bueno, me gustaría darte algunas fotos de Marco para compensar los años que te has perdido

Un ofrecimiento de paz. Cuando lo tuviera en el interior de la casa, podría tratar de hacer las paces adecuadamente. Le haría el amor sin red para ayudarlo a curarse y a volver a ser el Nico de entonces.

Él lo consideró durante un instante. Entonces, giró la llave y apagó el motor. Muy nerviosa, Beth se bajó del coche y estuvo a punto de salir corriendo hacia la puerta. A duras penas, consiguió abrir la puerta. Decidió que tenía que tranquilizarse si quería que su plan llegara a buen puerto.

Entró en la casa y se quitó el abrigo. Nico se reunió con ella en el recibidor, pero se dejó el suyo puesto. Evidentemente, no pensaba quedarse mucho tiempo. Beth se encargaría de que no fuera así. Tenía que hacerlo.

Se acercó a la cómoda donde había dejado las fotos el día anterior y sacó varias, las que a ella le gustaría ver si estuviera en el lugar de Nico y que reflejaban los momentos más relevantes de la corta vida del niño. Al ver el rostro de su amado hijo, se mordió los labios. Estaba haciendo todo eso también por su hijo. El niño necesitaba un padre con el corazón intacto.

Ella le daría a Nico todo lo que tuviera que darle por el bien de ambos. Sólo esperaba que fuera suficiente para reparar el daño que le habían causado en el corazón cinco largos años.

Le entregó los marcos a Nico con mano temblorosa. Él los tomó y se dio la vuelta. Tomándose su tiempo, comenzó a mirar cada una de las fotos. Cuando llegó a la última, que era la primera que Beth tenía del niño recién nacido, acarició suavemente la imagen y parpadeó rápidamente.

—¡Qué pequeño era! —susurró.

Beth sintió que los ojos se le llenaban de lágrimas. Se tapó la boca para controlar sus emociones y para tratar de no turbar la intimidad de Nico. Entonces, él la miró y vio que le estaba observando.

—Gracias —dijo, muy afectuosamente—, no espera- ba... Después de lo que te dije en el coche...

—No tienes por qué darme las gracias —susurró ella. Se sentía muy emocionada por haberle llegado al corazón—. Te las mereces. Por cierto, no me creo esa fachada de hombre de corazón duro que le has estado mostrando al mundo, y a mí.

Nico la miró con una ceja levantada, pero guardó silencio. Beth dio un paso al frente.

—Tienes un corazón del tamaño de Australia y ja- más podrás ocultarlo por completo. Eres un buen hombre, Nico Jordan.

—Ya no me conoces —replicó él—. Si has seguido los periódicos y las revistas durante los últimos años, sabrás que soy un canalla que no se merece la fe de nadie.

Ninguna de aquellas historias era sobre el verda- dero Nico. Ella lo miró y dio un paso al frente. Esta- ba tan cerca de él que casi podía sentir la calidez de su cuerpo.

—Pues tienes la mía, tanto si piensas que te la me- reces como si no.

Nico dio un paso atrás. Tenía un aspecto frío y de- safiante, aunque la cautela se le reflejaba en los ojos.

–Estás tratando de conseguir que cambie de opinión. Quieres convencerme de que soy una buena persona para que no te pida que te cases conmigo por el bien de Marco. Te aseguro que no te va a servir de nada –añadió cruzándose de brazos.

–Yo creo en ti –insistió ella.

Dio un paso más y lo besó con todo su amor, con toda su fe. Los labios de Nico se mostraron duros, pero ella no cejó en su empeño. Le acarició suavemente el cabello, besándolo completamente, mostrándole con un gesto lo que él no era capaz de aceptar con palabras.

–No...

El monosílabo había sonado más como una súplica que como una orden. Durante un dulce instante, Nico le devolvió el beso apasionadamente. Descruzó los brazos y la agarró con fuerza. Entonces, se detuvo.

Se apartó de ella con los ojos cerrados, como si estuviera sufriendo por algo.

–Beth... No sé qué crees que estás haciendo, pero no va a cambiar nada.

Ella se apoyó contra su torso.

–No estoy tratando de cambiar nada entre nosotros. Tú te irás por tu camino y yo me iré por el mío. Los dos seremos los padres de Marco, pero, en estos momentos, en este momento, te estoy acariciando porque deseo hacerlo. Necesito hacerlo –añadió, antes de darle un beso sobre la fuerte mandíbula–. Dime que no quieres besarme... –le desafió.

–Ya sabes que quiero. Eso jamás se ha cuestionado...

–Pues hazlo, Nico –musitó ella mientras le mordisqueaba suavemente el cuello–. Bésame.

El cuerpo de Nico comenzó a temblar. Se rindió por fin. Agarró la cabeza de Beth entre las manos y apretó suavemente los labios a los de ella, sujetándola con fuerza, como si estuviera saboreando las sensaciones. Beth sintió que su cuerpo se licuaba. Había soñado tantas veces con aquello, con un beso verdadero, que una parte de su ser se preguntó si aquello estaba ocurriendo de verdad.

Le tocó suavemente el torso para comprobarlo. Como respuesta, Nico le colocó una mano sobre el trasero, tal vez para demostrarle que estaba jugando con fuego. Sin embargo, el hecho de sentir la erección que él tenía la excitó aún más. Lo deseaba desesperadamente, aunque fuera la última vez.

Le desabrochó la camisa lentamente, sin romper el beso. Entonces, se la abrió para dejarle al descubierto el bronceado torso. La piel era cálida, el vello duro... Cuando le acarició un pezón, él soltó un profundo gemido.

Encajaban perfectamente. Estaban hechos el uno para el otro. ¿Cómo iba a dejar que él se marchara después de aquello? Decidió preocuparse de eso más tarde. Por el momentos, sólo quería disfrutar de aquellos instantes juntos.

Nico le agarró la cintura y le besó la garganta. Ella arqueó el cuello para facilitarle el acceso. Los labios de él, tan suaves y hábiles, fueron depositando delicados y cálidos besos sobre su piel.

Aquél era el Nico que ella recordaba, el Nico que aún esperaba alcanzar.

Le dio un beso sobre el hombro desnudo. El aroma de su piel desnuda le inundó los sentidos. Sintió que él le agarraba la cintura con un poco más de fuerza. Beth siguió recorriéndole el hombro con los labios. Cuando llegó al cuello, la respiración de ambos se había acelerado por la intensidad de su deseo.

–*Bella...* –susurró, acariciándole suavemente las caderas.

Entonces, se apartó ligeramente de ella y la miró a los ojos. Nico tenía las pupilas dilatadas por el deseo, la respiración entrecortada, pero se comportaba delicadamente, con suavidad en sus gestos.

–Te he echado tanto de menos... –susurró.

–Y yo pensé que me moriría sin ti –musitó ella.

Nico sintió la sinceridad de sus palabras en lo más profundo de su corazón. En ese momento, el hielo que llevaba cinco años viviendo allí se rompió en pedazos y comenzó a derretirse. La tomó entre sus brazos y la estrechó contra su cuerpo. Había pensado que era demasiado tarde, que su corazón y su alma llevaban mucho tiempo muertos, pero Beth había conseguido volver a despertar esa parte de él. En realidad, había empezado por el hecho de ver a Marco y de estar con él en el parque, pero Beth se estaba encargando de devolverle la vida a su alma.

Beth se moldeó contra él durante unos instantes. Entonces, le quitó la camisa y la lanzó al suelo. Le acariciaba con la mirada de un modo que ninguna mujer había conseguido hacerlo nunca. Beth lo veía. Lo veía realmente, no por su nombre o su dinero. Eso le provocó una inmensa ternura en todo su cuerpo.

Nico le devolvió el favor y comenzó a desabrocharle los botones de la blusa con rápidos movimientos. Cuando estuvo completamente abierta, él comenzó a acariciarle el sujetador con reverencia. Era tan hermosa... Para él, siempre había sido perfecta, como si se tratara de un trocito de cielo entre sus brazos. Le cubrió un seno con la mano, sintiendo la ligera presión del tenso pezón contra la palma de la mano. El hecho de que ella lo animara a seguir le dio vida propia a sus manos. Lentamente, apartó el encaje, bajó la cabeza y saboreó la delicada carne. Mordisqueó suavemente la cremosa piel del seno. Sabía a fresas. Dulces. Embriagadoras.

Ella le devolvió las caricias con urgencia, acicateando así la necesidad que embargaba cada célula de su cuerpo. Nico jamás había dejado de desearla.

Levantó la cabeza y buscó de nuevo los suculentos labios para reclamarlos una vez más. Al mismo tiempo, deslizó una mano entre sus cuerpos y comenzó a desabrochar lentamente los pantalones de ella hasta que cayeron al suelo. Acarició el nuevo trozo de encaje que había dejado al descubierto. Ella gimió de placer contra sus labios.

Nico deslizó entonces las manos por debajo de la delicada tela y le apretó con fuerza el trasero. Entonces, apartó las braguitas. Necesitaba tocar su cálida feminidad, lo que provocó que el ritmo de la respiración de Beth se hiciera más urgente.

Preso de la pasión, Nico la tomó entre sus brazos y la llevó al sofá.

–Nico...

Él la observó atentamente, mirándola con la blusa abierta, sin pantalones y tan sólo con ropa interior.

–Ninguna mujer es tan hermosa como tú –susurró.

Se quitó entonces rápidamente la ropa que le quedaba aún puesta y se sacó un preservativo de la cartera que se colocó antes de tumbarse junto a ella. Entonces, comenzó a besarle la garganta, lamiéndole el punto en el que se notaba claramente lo cerca que estaba de perder el control.

Cuando Beth extendió la mano para acariciarle el torso, él aprovechó para desabrocharle el sujetador. Rápidamente le recogió los senos con las manos y se los acarició suavemente. Después, le quitó las braguitas y se sintió casi mareado al verla completamente desnuda ante él.

Le acarició suavemente los costados, observando cómo los senos le subían y bajaban, seguro de que no había habido un momento más perfecto desde el principio de los tiempos.

–Nico, te necesito dentro de mí...

Él no podía negarle nada. Se irguió sobre ella y se arrodilló entre las piernas, maravillándose de verla allí una vez más, abierta para él, esperándolo. Le besó el arrebolado rostro y comenzó a devorarle la boca tiernamente. Entonces, con un medido movimiento de caderas, la penetró adorándola con su cuerpo.

Beth extendió las manos para acariciarle la espalda y los hombros. Nico sintió cómo la tensión se iba acumulando en el cuerpo de ambos y cabalgó sobre ella más rápidamente, colocándole una mano justo en el lugar en el que los dos se unían. El cuerpo de Beth se arqueó convulsivamente antes de romperse de dicha entre sus brazos, gimiendo y gritando su nombre. Entonces, el clímax le dejó a él en blanco el pensamiento. Sólo pudo pensar en Beth. En Beth debajo de él. En Beth junto a él. En Beth. Sólo Beth.

Sólo un pensamiento consiguió penetrar sus sentidos. Abandonarla había dejado de ser una opción.

Capítulo Nueve

Nico entró en el aparcamiento de la bodega. Aparcó y se reclinó sobre el reposacabezas. Dejar la cama de Beth casi le había costado la vida. Después de hacerle el amor, había visto cómo se quedaba dormida mientras que la luz de media tarde que se filtraba por la persiana le iluminaba el rostro. Le había parecido un ángel.

Él no pudo dormir a su lado porque tenía cosas que hacer antes de marcharse al día siguiente. Regresaría muy pronto, pero aquel día quería comprarle a su hijo un regalo y le había prometido a su padre que encontraría la copia de Kent del acuerdo que habían firmado los tres sobre las propiedades de su padre.

Cuando tuviera ese documento, regresaría al lado de Beth. Se deslizaría entre las sábanas de su cama y no se levantaría hasta que tuviera que marcharse al día siguiente. El pulso se le aceleró. Sonrió. Entonces, regresaría cuando se hubiera ocupado de algunos asuntos en Australia.

Se quitó el cinturón de seguridad y bajó del coche dispuesto a terminar con sus cometidos tan pronto como fuera posible. Andrew le estaba esperando y lo acompañó inmediatamente al despacho de Kent.

Volver a estar en la bodega le producía agradables recuerdos de lo ocurrido en la terraza durante el lanzamiento del vino. No se podía creer que en menos de veinticuatro horas las cosas hubieran cambiado tanto. El beso robado en la oscuridad había sido maravilloso, pero no era nada comparado con los besos que compartirían a partir de entonces. Estarían siempre juntos.

Marco los necesitaba juntos. Nico convencería a Beth como fuera.

—Aquí estamos, señor Jordan —dijo Andrew tras abrir la puerta del despacho.

Nico entró en el despacho de su hermanastro y se estremeció. Incluso de niños, Kent y él jamás habían compartido nada que se pareciera al amor fraterno. A pesar de que Kent había muerto, Nico no podía experimentar pena alguna por su fallecimiento. En realidad, su hermano lo había odiado profundamente y había hecho todo lo posible para hacerle daño, lo que incluía robarle por medio del chantaje a la mujer que Nico había amado.

Pensó en cómo Kent había presumido ante él de haber pagado a Beth para que lo abandonara. Apretó los puños y miró el espacio de trabajo de su hermanastro. No quería estar en aquel maldito despacho tocando las cosas de su hermano, recordando cosas que era mejor olvidar.

Se volvió a Andrew.

—Gracias, Andrew. Te agradezco mucho que hayas venido hasta aquí en domingo para dejarme entrar.

—De nada, señor Jordan. ¿Puedo hacer algo más por usted?

–No, ya me ocupo yo.

Andrew le entregó un manojo de llaves.

–Le dejó este juego de llaves. Cuando haya terminado, puede dejárselas a Barb, que está en la tienda.

Nico asintió y vio cómo Andrew se marchaba. Entonces, se sentó a la mesa que su hermano había ocupado durante tantos años. Sintió de nuevo que el odio por Kent se apoderaba de él, pero se tranquilizó sabiendo que Beth lo estaba esperando en la cama. Sabiendo que se reuniría con ella en cuanto hubiera encontrado el documento, se puso manos a la obra.

Un suave movimiento en el pecho le recordó el regalo que le había comprado a Marco de camino hacia allí. Se abrió la cazadora para mirar la pequeña cabeza de Oliver acurrucada contra su camisa.

–Hola, chiquitín...

El cachorrito, que tenía sólo diez semanas, abrió los ojos y lo miró. Nico le rascó la cabecita con un dedo. Había mirado unos treinta perros antes de decidirse por el cachorrito negro de enormes pies y suave cabeza. Los del albergue creían que se trataba de un cruce de labrador y le explicaron que era una raza estupenda para los niños.

–Terminamos enseguida. Entonces, te llevaré a tu nueva casa.

Oliver bostezó y volvió a acurrucarse de nuevo contra su pecho. Nico volvió a abrocharse la cazadora y comenzó a buscar entre los papeles que Kent tenía en su escritorio. Los abogados les habían dicho que no era necesario encontrar las tres copias del documento porque el nuevo que Tim había mandado redactar para cederles todas las acciones de la empresa a Nico y a Marco prevalecería sobre la primera. Sin embargo, Tim quería tener las tres copias antes de firmar el nuevo.

Nico miró a su alrededor. Cuando Kent trabajaba en Australia, siempre había tenido un compartimiento secreto en su escritorio. Tocó debajo de la mesa y, como por arte de magia, lo encontró. Estaba justamente donde tenía su compartimiento secreto en la mesa en la que trabajaba en Australia. Se arrodilló y no tardó en encontrar una cerradura. Miró el manojo que Andrew le había dejado y vio que había una llave muy pequeña. La probó y, por suerte, la cerradura saltó.

Nico abrió el cajón y vio que estaba lleno de papeles. Los sacó todos y los colocó encima del escritorio.

Encontró extractos de una cuenta de la que Beth probablemente no tenía noticias y recibos de lugares sobre los que Nico no quería saber nada. No encontró lo que estaba buscando. Entonces, un sobre grande, de aspecto ajado, llamó su atención. Lo abrió y sacó un montón de notas manuscritas. No era el documento que él estaba buscando. Estaba a punto de descartarlos cuando un nombre llamó su atención.

Adelina.

Su madre.

Frunció el ceño y comenzó a leer.

Mi queridísima Adelina:
¡Me has destrozado el alma! Dices que debes permanecer

con tu esposo, que lo amas, que lo nuestro sólo ha sido una aventura de una noche… ¿Acaso no comprendes que te amo? Jamás he amado a nadie del modo en el que te amo a ti. Por favor, cariño mío, te suplico que no termines lo nuestro.

¿Cómo puedes decir que ha sido un error, que no hay nada entre nosotros, cuando hemos engendrado un hijo como producto de nuestro amor? El pequeño Nico, tú y yo podríamos formar una familia si…

Nico no pudo continuar leyendo. Se dejó caer sobre la silla y dio la vuelta a la página, ansioso por ver que era el nombre de su padre el que firmaba aquella nota, aunque su instinto le decía que no sería así.

Tuyo para siempre.
James.

Sintió náuseas. El sudor le cubrió la frente. Su madre le había sido infiel a Tim Jordan, el hombre que lo había criado a él y que lo había amado. Además de eso, Tim tampoco era el padre de Nico.

Le resultaba imposible cree que su madre hubiera hecho algo así. Seguramente, todo aquello era una mentira que Kent o la madre de éste habían fabricado para desprestigiarla.

No obstante, Nico tenía ciertos recuerdos que lo turbaban. Recordó cuando estuvo en el hospital con once años. Su madre hablaba furtivamente con los médicos mientras les daba el historial médico de Nico. La reacción de su madre cuando, con catorce años, le dijo tras una clase de biología que no entendía cómo no tenía ningún rasgo de su padre.

Comprendió que todo era cierto. Él era un hijo ilegítimo. Había amado a Tim como si fuera su verdadero padre, pero ese amor se había basado en una mentira. ¿Cómo podría su madre haberle ocultado algo así? ¿O a su padre? Además, ¿quién era el tal James?

De algún modo, Kent se había enterado. ¿Por qué no le había contado a todo el mundo lo que sabía? De repente, lo comprendió. Aquello era lo que había utilizado para chantajear a Beth. ¡Ella lo había dejado con la única intención de protegerlo!

Sin embargo, había creado una terrible situación con su comportamiento. En vez de contarle a él lo que había descubierto, Beth había huido, arrebatándole así cualquier posibilidad de poder hablar con su madre antes de que ella muriera. Beth lo había engañado casi tanto como lo habían hecho Kent y su propia madre.

Respiró profundamente y trató de recuperar el control. Tenía que llamar a su padre y darle la oportunidad de rectificar su testamento antes de que fuera demasiado tarde. Eso era lo justo.

Además, si tres personas que él supiera habían conocido aquella información, no podía correr el riesgo de que le llegara a su padre de algún modo. Tim había sufrido mucho con la muerte de su hijo. De su único hijo. Tim significaba mucho para Nico. Lo amaba y lo respetaba profundamente. Sería capaz de protegerlo con su vida. Era mejor que se enterara de aquella información a través de él. Se sacó el teléfono móvil y llamó al número de su padre en Australia.

–¿Sí?

–Papá, soy Nico –dijo, llamándolo así como siempre había hecho. Aunque no existiera vínculo biológico, le parecía la mejor manera de dirigirse al anciano.

–¿Qué tal te va por allí?

–Muy bien. Ya te lo contaré todo detalladamente, pero hay algo que tengo que decirte.

–Tú dirás.

–He encontrado algunos papeles entre las cosas de Kent. Se trata de una carta en la que se habla de ti y de mí. Mira, tengo que decírtelo, pero tienes que prometerme que no te vas a alterar...

–Hijo, dime lo que contiene esa carta –dijo Tim. No sonaba tan preocupado como Nico había esperado, lo que era bueno aunque no por ello dejaba de resultar curioso.

–Dice que... que no eres mi padre.

Al otro lado de la línea, se escuchó una exclamación de resignación.

–Hijo ya lo sé.

–¿Cómo dices? –exclamó Nico con incredulidad.

–No eres mi hijo biológico, pero no quiero que pienses ni por un segundo que no soy tu padre –afirmó el padre con vehemencia–. Te he criado y te quiero tanto como te querría tu verdadero padre. Eres mío.

–¿Cuánto tiempo hace que lo sabes?

–Desde que tu madre se quedó embarazada. Ella jamás supo que yo lo había descubierto. No podía correr el riesgo de perderla, por lo que mantuve su secreto. Cuando te vi, te quise lo mismo que si hubieras llevado mi sangre. No pude correr el riesgo de perderte. Tu madre se fue a la tumba pensando que nuestra unidad familiar estaba a salvo y tenía razón.

–¿Quién era ese James?

–Tengo información que he guardado durante muchos años para ti por si la necesitabas. Te la daré cuando regreses.

Todo aquello no podía estar ocurriendo. Era demasiado complicado para poder comprenderse. No sólo era ilegítimo, sino que su padre lo sabía desde antes de que él naciera.

–Si quieres cambiar tu testamento, lo comprenderé.

–¿Y por qué iba a querer hacer algo así? Tú eres mi hijo. Al diablo con la biología. No hay ningún otro hombre sobre la faz de la Tierra al que prefiriera tener como hijo. Haces que me sienta orgulloso de ti todos los días.

–Gracias –susurró Nico, completamente emocionado.

–No es más que la verdad. ¿Cuándo vas a regresar a casa?

–Pronto, papá. Muy pronto. Tengo asuntos de los que ocuparme aquí primero.

–¿Has visto al pequeño Mark?

–Sí –dijo Nico, sonriendo–. Y parece que yo no soy el único que tiene una sorpresa sobre la paternidad.

–¿Qué quieres decir con eso?

–No es el hijo de Kent. Es mi hijo –anunció Nico.

Se sentía muy orgulloso. Era la primera vez que daba aquella noticia.

–¿Hablas en serio?

–No hay ninguna duda. Iré mañana a casa y te lo explicaré todo detenidamente. Es una larga historia...

Una historia que se centraba en una mujer rubia con una sorprendente capacidad para guardar secretos. Nico contuvo la ira y se centró en su padre.

–Te llevaré fotos de tu nieto y lo organizaré todo para que vaya muy pronto a verte.

–Me encantaría, hijo. Hablaremos cuando regreses.

Nico cortó la llamada y volvió a meterse el teléfono en el bolsillo. Su padre había conocido el secreto. Todo el mundo lo había sabido menos él. Se frotó las sienes. Podía entender la actitud de su padre y también el hecho de que Kent quisiera aprovechar esa información para beneficiarse.

Sin embargo, la única persona en la que él debería haber podido confiar en que le dijera algo tan importante, la única persona que debería haberse puesto incondicionalmente de su lado, era la mujer que amaba. La mujer con la que había querido casarse y formar una unión indisoluble. El corazón comenzó a latirle con tanta fuerza que parecía que iba a salírsele del pecho.

Resultaba evidente que Beth tenía una idea muy diferente sobre lo que significaba una unión porque no lo había tratado como tal el día en el que decidió en su nombre y se marchó.

Capítulo Diez

Beth se despertó sola, temblando. No había nadie a su lado ni se escuchaban sonidos en el cuarto de baño. Llevaba despertándose sola cinco años, pero jamás se había sentido tan vacía. Tan fría. Tan abandonada.

Miró el despertador. Eran las cuatro de la tarde. Debía de llevar algo menos de una hora dormida. Tomó una bata y se levantó de la cama.

—¿Nico?

No hubo respuesta. ¿Se habría marchado? Levantó las persianas para inspeccionar la parte frontal de la casa y, efectivamente, vio que el coche de Nico no estaba.

Sintió que el alma se le caía a los pies. Su plan no había funcionado. Una vez más, Nico había gozado con su cuerpo para luego dejarla abandonada.

Estaba a punto de bajar la persiana de nuevo cuando vio que se acercaba un coche a la casa. Eran sus padres. De repente, sintió que a su corazón le salían alas. Su hijo era precisamente lo que necesitaba en aquellos momentos. Una distracción de sus pensamientos. Y lo más importante, volver a ver al pequeño y poder abrazarlo.

Se vistió rápidamente, se peinó y bajó corriendo a saludarlos. Tras abrir la puerta, tomó en brazos a su hijo y lo estrechó con fuerza contra su pecho.

–Hola, cariño –le dijo su padre.

–Hola, papá.

Saludó a su madre y dejó al niño en el suelo.

–Cariño, ¿te encuentras bien? –le preguntó su madre.

Beth se cubrió la boca con la mano para no hablar. Sabía que debía darles a sus padres una explicación sobre lo ocurrido aquel fin de semana, pero no quería hacerlo delante de su hijo.

–Todo va bien.

–Ya hablaremos más tarde –afirmó su madre, tras comprenderlo todo.

Beth asintió.

Todos se dirigieron a la cocina. Beth comenzó a preparar café y chocolate caliente. Marco se subió a un taburete y se sentó justo enfrente de su madre.

–Mamá, ¿ese hombre era de verdad mi tío? –preguntó el niño lleno de curiosidad.

Beth contuvo el aliento. Era la introducción perfecta, aunque algo más temprano de lo que hubiera deseado. A pesar de lo que hubiera ocurrido entre Nico y ella, él seguía mereciéndose tener una relación con su hijo y Marco también.

Respiró profundamente y se dirigió a sus padres.

–¿Nos podríais dejar a solas un instante?

Sus padres asintieron y se marcharon rápidamente al salón. Entonces, Beth miró a su hijo a los ojos y le dijo:

–Cariño mío, es algo más que eso.

–¿Quieres decir que es un tío especial? –preguntó el niño frunciendo el ceño.

–¿Te gustaría que así fuera?

–Sí. Es muy agradable. ¡Me va a comprar un perro!

–Sí que lo es, pero ese hombre es incluso más que un tío especial para ti.

Marco dudó, como si estuviera tratando de resolver un difícil rompecabezas.

–Entonces, ¿qué es?

–¿Sabías que, en ocasiones, los niños que tienen mucha suerte pueden tener dos papás? Pues ese hombre que has conocido hoy es tu otro papá.

Marco sonrió. Entonces, se lanzó sobre ella y la abrazó con fuerza.

–Mamá, pues éste me gusta mucho más.

Los ojos de Beth se llenaron de lágrimas. El niño se soltó para mirarla. Aún irradiaba felicidad.

–¿Y cuándo va a regresar mi nuevo papá?

Esta pregunta le provocó una profunda tristeza al recordar cómo se había marchado Nico, pero estaba segura de que regresaría. Para ver a Marco.

–No estoy segura, cielo. Tienes que recordar que él vive en Australia, por lo que no estará aquí todas las noches como estaba tu otro papá. Tiene que irse a su casa, pero vendrá a verte con mucha frecuencia.

–¿Y puedo llamarlo papá?

Beth se mordió los labios para contener una sonrisa. Se sentía muy contenta, tanto por su hijo como por Nico. Y también por ella misma.

–Creo que le gustaría.

Las manitas del pequeño expresaron un gesto de victoria. Entonces, igual de repentinamente, cambió su tema de conversación.

–¿Me puedo ir a jugar al columpio?

Beth miró hacia la ventana. Aún había luz, pero no tardaría mucho en anochecer.

–Sólo un ratito. Pronto será la hora de cenar. Y no salgas del jardín.

–Sí, mamá.

Beth sonrió y vio cómo recogía su abrigo y los guantes y salía corriendo al jardín por la puerta trasera. Justo en aquel momento, la voz de su padre resonó desde la puerta de la cocina.

–Ahora, creo que ha llegado el momento de que nos digas a nosotros qué es lo que está pasando aquí.

Beth miró a sus padres, que no habían dudado en mudarse a Nueva Zelanda por ella. Los dos estaban jubilados y ella era hija única. El hecho de que dejaran su país había sido una importante prueba de amor. Les debía la verdad, aunque llegara un poco tarde.

–¿Queréis otro café? –les preguntó–. Es una historia bastante larga y complicada.

Se disponía a contarles todo lo ocurrido con Nico cuando escuchó que alguien llamaba a la puerta.

–Perdonadme un momento –dijo antes de dirigirse al recibidor.

Abrió la puerta y se encontró con Nico. Llevaba una cazadora algo abultada y unos vaqueros. En su rostro, una expresión enfurecida que Beth no lograba entender.

–Hola, Nico.

–Hola, Beth. Hablaremos muy pronto, pero, primero, le he traído a Marco un regalo –dijo. Se bajó la cremallera de la cazadora para enseñarle el perrito.

–Oh... –susurró ella extendiendo la mano para acariciarle suavemente la cabeza.

–Se llama Oliver –replicó él, secamente.

El cambio de actitud reflejaba claramente que las cosas habían cambiado entre ellos. O, tal vez, nada había cambiado. Tal vez Nico seguía sintiendo una profunda amargura hacia ella.

–Marco está en el jardín. Se pondrá muy contento.

–Cuando se vaya a la cama, tú y yo tenemos que hablar.

–Sí.

Efectivamente, tenían muchas cosas que organizar para el bien de su hijo. Custodia, régimen de visitas, pensiones. Sería una conversación muy compleja.

–Antes de que vayas a verlo, hay algo que deberías saber.

–¿Se encuentra bien?

–Sí. Le he dicho que eres su padre.

–¿Y cómo se lo ha tomado?

–Excepcionalmente bien. Me dijo que le gustabas y me preguntó si te podía llamar papá.

–¿De verdad?

–Sí. También quería saber cuándo ibas a regresar, pero no supe qué decirle al respecto –le espetó.

–Ahora que sabe que soy su padre, podrá hacerme a mí directamente esa clase de preguntas.

No habría intermediario. Beth sintió que el corazón se le desgarraba por el dolor, pero se contuvo y parpadeó para controlar las lágrimas y aclararse los pensamientos.

–Ahora, es mejor que vayas a darle su regalo.

Se dirigieron hacia la cocina, donde Nico saludó a los padres de Beth. Los dos parecieron muy contentos de verlo. Les había gustado mucho el comportamiento que había tenido con Marco aquella mañana en el parque. Beth se alegró. Él se merecía todo el apoyo de los abuelos de su hijo.

Cuando salieron todos al jardín, el niño se acercó corriendo al verlos. Nico se arrodilló para estar a su altura y le sonrió.

–Hola, Marco –dijo, afectuosamente.

–Hola. Mi mamá me ha dicho que eres mi otro papá.

A Nico no le gustó mucho eso de «el otro papá», pero no dijo nada.

–Es cierto. ¿Qué te parece?

–Me gusta. Mi mamá me ha dicho que te puedo llamar papá. ¿De verdad?

–Sí. A mí me gustaría mucho. ¿Por qué no pruebas ahora a ver qué tal?

–Papá –dijo Marco, lleno de felicidad. Se arrojó sobre Nico para darle un abrazo. Inmediatamente, se apartó muy sorprendido–. Creo que algo se te ha movido en el pecho.

Una suave cabeza negra salió de la cazadora de Nico. Sin perder el tiempo, Oliver le lamió la cara al niño y luego gimoteó un poco para que lo dejaran salir.

–Un cachorrito –susurró Marco, asombrado.

–Es tuyo –afirmó Nico–. Se llama Oliver.

Nico lo dejó en el suelo. El cachorrito avanzó unos pasos, hizo pis y luego echó a correr en dirección a Marco. Sin dudarlo, le colocó las patas sobre las piernas. Marco se echó a reír.

–Gracias, papá –dijo. La felicidad que se reflejaba en su rostro era inmensa.

–De nada.

Beth sintió que se le hacía un nudo en la garganta. Contempló la escena con contenida emoción. ¿Habría hecho bien al rechazar la proposición de matrimonio de Nico aquella tarde? ¿No sería mejor para el niño si Nico y ella se casaban?

No. Tenía que creer que había tomado la decisión correcta. Un hogar lleno de tensión y de hostilidad velada no podía ser bueno para un niño, es especial después de los años que había pasado junto a Kent. Era mejor tener dos padres que lo amaban aunque vivieran en casas separadas. Su trabajo era asegurarse en lo sucesivo de que Marco no se viera sometido a tensión alguna.

El niño se puso de pie y echó a correr.

–¡Persígueme, Oliver! –exclamo. Al verlo de pie, el cachorrito lo siguió tan rápidamente como se lo permitían sus regordetas patas.

–Muchas gracias, Nico –le dijo Beth–. Te aseguro que Marco jamás olvidará este día.

Él no dejaba de mirar a Marco.

–Quería darle algo para que me recordara, para empezar a compensarle por todas las cosas que se ha perdido. A partir de hoy mismo, tendrá todo lo que su padre pueda darle, tanto emocional como materialmente.

—¿Dónde has conseguido a Oliver? El albergue está cerrado los domingos.

Nico se encogió de hombros. Aún no se había dignado a mirarla.

—Les ofrecí una considerable donación para que abrieran para mí.

—Veo que no te falta iniciativa.

—Quería un perro para mi hijo, así que se lo he comprado.

Marco gritaba de felicidad mientras que Oliver no dejaba de perseguirlo y de saltar sobre él. Nico le dedicó una sonrisa a su hijo.

Beth sintió que los ojos se le llenaban de lágrimas. Por fin había conseguido casi todo lo que quería para su hijo. Un padre dedicado en cuerpo y alma a él, para el que era la única prioridad. Sin embargo, su corazón no dejaba de sentir angustia sobre lo que iba a ocurrir con ella. «¿Y yo, Nico? Yo también quiero estar contigo». Lo amaba desesperadamente. Lo necesitaba cerca de sí con una intensidad que la asustaba. Sin embargo, sabía que ya era demasiado tarde para ellos. Había pasado demasiado agua debajo del puente. Nico había dejado de confiar en ella el día en que Beth se marchó con Kent y no volvería a hacerlo. Lo había perdido para siempre.

Oyó un ruido a sus espaldas y vio que sus padres también habían salido. Su madre se acercó a Beth y saludó con la cabeza a Nico.

—Cariño, creo que tenéis asuntos inacabados de

los que debéis hablar. ¿Qué te parece si nos llevamos a Mark y al perrito a casa para dormir? Volveremos a traerlos mañana por la mañana.

Beth miró a Nico. Efectivamente, necesitaban tiempo para hablar del futuro y organizar la vida del niño en lo sucesivo.

–Gracias, señora Jackson –dijo Nico, respondiendo por ambos–. Es muy considerado por su parte.

Su padre le dio una palmada a Nico sobre el hombro.

–Es lo menos que podemos hacer.

–Gracias, mamá –dijo Beth, a pesar de que echaría mucho de menos a su hijo si pasaba otra noche fuera de la casa. Sin embargo, necesitaban tiempo y sería todo más fácil si no tenían que estar preocupándose de que el niño pudiera escuchar algo.

Marco se acercó corriendo, seguido de cerca por su nuevo amigo y se arrojó de nuevo a los brazos de Nico. Evidentemente, estaba encantado de poder abrazar a su papá cuando quería.

Oliver parecía sentirse algo rechazado porque empezó a gimotear a los pies del niño. El padre de Beth se inclinó sobre él para mirarlo mejor.

–¿Y quién es este chiquitín? –preguntó.

–Es Oliver –anunció Marco, desde los brazos de Nico–. Es mi perro.

El padre de Beth tomó al cachorrito en brazos y lo miró.

–Hola, Oliver. Me alegro de conocerte. ¿Te gustaría venir con Mark a nuestra casa esta noche para que puedas conocer también a Misty?

Oliver le lamió el rostro sin dudar. Marco sonrió.

–Creo que Oliver dice que es un buen plan. ¿Podemos, mamá? ¿Puedo llevar a Oliver para que conozca a Misty?

Beth se inclinó sobre Marco, que aún estaba entre los brazos de Nico, y lo besó en la mejilla.

–Me parece una buena idea.

–¡Sí! A Misty le encantará también –le dijo Marco a Nico–. Querrá jugar con nosotros.

Los padres de Beth se dirigieron hacia la puerta.

–Vamos a buscar tu pijama –le sugirió la abuela.

Nico abrazó a su hijo con fuerza y lo dejó ir.

–Hay boles, comida de cachorros y una cesta acolchada a lado de mi coche, sobre el suelo.

Beth agradeció que él se hubiera ocupado de aquellos detalles, pero estaba segura de que la cesta no sería necesaria. Si no se equivocaba, Oliver se pasaría las noches sobre la cama de Marco.

–Los recogeremos cuando salgamos –anunció el padre de Beth.

Ella observó cómo sus padres, su hijo y el perrito se marchaban a la habitación del niño para recoger las cosas que Marco iba a necesitar y sintió una extraña sensación en el vientre. Deseó por un instante poder retrasar aquella conversación que iba a organizar sus vidas separadas. Unas vidas cuyo punto de intersección sería únicamente Marco.

Sin embargo, sabía que sólo estaría posponiendo lo que era ya inevitable. Levantó la barbilla y fue al interior de la casa para ayudar a su hijo a recoger sus cosas.

***

Beth estaba en el porche despidiéndose de sus padres y su hijo con Nico al lado. La tensión irradiaba de él en demasía como para deberse sólo a hablar del futuro de Marco. Ella se sentía muy nerviosa. ¿Qué estaba ocurriendo?

Cuando el coche se marchó, Nico se giró hacia ella.

–Ahora, ha llegado el momento de que nosotros hablemos, *bella*.

Beth asintió, respiró profundamente y lo condujo hacia el salón.

–¿Te apetecería un café?

–No –respondió. Se sacó unos papeles del bolsillo trasero de los vaqueros y los colocó delante de Beth–. He encontrado esto escondido en el despacho de Kent.

Beth reconoció de qué se trataba sin necesidad de tocarlos. Era la carta que Kent le había enseñado la noche en la que la obligó a que se casara con él.

–¿Dónde los has encontrado?

–En un cajón secreto. A Kent siempre le gustó esconder cosas, aunque creo que no era el único –le espetó, con gesto acusador.

Dios santo. Beth apretó los labios con fuerza para tratar de contener la emoción que se estaba apoderando de ella. Después de todo lo que había sacrificado, Nico había averiguado la verdad demasiado pronto. Ya no podía hacer nada al respecto.

–Lo siento mucho, Nico.

135

–Esto fue lo que Kent utilizó para chantajearte, ¿verdad?

–Así es...

Al pronunciar estas dos palabras, Beth sintió que la luz que llevaba dentro se evaporaba y la dejaba a la deriva. Se había sentido vacía antes, durante todos los años que vivió con Kent, pero al menos había creído que estaba protegiendo a Nico y a Tim. Eso le había dado fuerzas durante todo ese tiempo, pero acababa de desaparecer. Había fracasado a la hora de proteger al hombre que amaba.

–Entonces, Kent te mostró esta carta y tú te marchaste aquella misma noche. Fue muy precipitado –dijo él, con un gesto irónico–. Vamos, ni siquiera te lo pensaste.

–No. Hablé con una persona antes de tomar la decisión. Con tu madre.

Efectivamente, la madre de Nico le había confesado su error, le había afirmado que habría hecho cualquier cosa para cambiar el pasado y hacer que Nico fuera el hijo de Tim. Entonces, le había suplicado que no le dijera nada para no hacerle sufrir.

–Si él nunca me perdona –le dijo Adelina con fuerte acento italiano–, mi hijo habrá perdido a su padre y a su madre al mismo tiempo.

Beth le había prometido que haría lo que fuera para asegurarse de que Nico no se enteraba de la verdad.

Nico la observó con desprecio en el rostro.

–Ahora metes a mi madre en todo esto, cuando sabes que ella ya no se puede defender. Podrías inventarte cualquier cosa y decirme que eso fue lo que te dijo –le espetó. Con eso, salió al jardín por la puerta trasera.

A pesar de que Beth sabía que necesitaba tiempo para asimilar aquello, ella lo siguió a una discreta distancia. Las zapatillas se le estaban mojando por el césped húmedo, pero no le importó. Ansiaba poder tomarlo entre sus brazos para así aliviar su tormento, pero sabía que tenía que darle espacio. Nico llegó al columpio de Marco y se apoyó contra él. Se notaba que estaba muy tenso.

Beth había creído sinceramente que estaba haciendo lo correcto hacía cinco años, pero al ver la reacción de Nico, comprendió que seguramente había hecho más daño marchándose y dejándole que las revelaciones de Kent. Deseó poder volver atrás en el tiempo hasta llegar al momento en el que habían sido tan felices. Había tantas cosas que haría de un modo diferente...

Se acercó a él. Quería consolarlo, pero sabía que, seguramente, ella era la última persona de la que buscaba apoyo en aquel momento.

En vez de comprender cuánto había sacrificado Beth, a los ojos de Nico, ella se había convertido en el enemigo.

Nico se dio la vuelta para enfrentarse a Beth. Aún era capaz de presentir su presencia sin verla, pero no podía olvidar que le había ocultado un secreto muy importante para él. Agarró con fuerza el columpio, hasta el punto de que los nudillos se le pusieron blancos.

–Cuéntame tu versión de lo que dijo mi madre.

Beth respiró profundamente.

–Después de que Kent viniera a mi casa y me mostrara esa carta, me explicó claramente los términos de su silencio. Yo no sabía qué hacer ni si la carta era auténtica, pero el riesgo que suponía para ti si se hacía pública... Tim había sufrido un ataque al corazón tan sólo unos meses antes. ¿Te acuerdas que los médicos le dijeron lo importante que era evitar el estrés?

–Al día siguiente teníamos planes. ¿No podrías haber hablado conmigo?

–Kent me dijo que tenía hasta la medianoche. Si no me iba con él, se lo contaría a Tim. Dijo que saldría ganando de cualquier manera. Por eso, llamé a tu madre y le pedí que me recibiera. Ella accedió enseguida y vino a mi casa. Le pregunté si eras el hijo de Tim y esperé que me dijera que sí, pero no lo hizo. Me suplicó que no te lo contara.

–¿Me estás diciendo que mi madre quiso que aceptaras un chantaje y te casaras con Kent? Ella sabía cómo era Kent y te quería como a una hija. Jamás habría aceptado.

–No le dije las condiciones que me había puesto Kent. Ella no sabía nada del chantaje. Poco después, murió en ese accidente de avión... por lo que no sé si lo dedujo antes de su muerte. Sin embargo, me informó de todo lo que yo necesitaba saber. Me suplicó que no te dijera nada. Estaba desesperada porque no quería ni arriesgar tu felicidad ni poner en peligro la salud de Tim. Con sus problemas de corazón, esto lo habría matado en el acto. Además, ella estaba convencida de que saber esto te destruiría a ti también. Sabía lo mucho que quieres a Tim y lo mucho que adorabas la bodega. No podía soportar que perdieras ninguna de las dos cosas... ni yo tampoco.

Nico la miró con desaprobación.

–¿Acaso crees que yo habría preferido a una familia falsa en vez de la mujer que amaba y mi hijo?

–Éramos muy jóvenes...

–¿Estás sugiriendo que pensaste que yo te iba a dejar? ¿Que si tú no me dejabas a mí...?

Nico jamás la había abandonado. Había creído que el vínculo que los unía era demasiado fuerte. Más allá del amor, de la razón, de todo lo demás.

–Podrías enamorarte de nuevo, pero había otras cosas que jamás podrías recuperar: tu padre, tu herencia, tu profunda unión con la bodega... Esas tres cosas eran irremplazables.

Nico sintió un profundo dolor en el corazón. Beth no se había dado cuenta de que no había podido reemplazarla a ella. No había tenido una relación seria con una mujer desde entonces. Ella era la única mujer a la que había amado y Beth se había marchado sin mirar atrás e incluso estando embarazada de su hijo.

–¿Me lo habrías dicho alguna vez? –le preguntó él–. ¿Me habrías ocultado la existencia de Marco toda la vida?

–Te prometo que te lo iba a decir después de que tu padre muriera. Adelina me pidió que no pusiera en peligro la salud de Tim y yo no podía soportar estropear vuestros últimos días juntos haciendo que tú tuvieras que ocultarle un secreto a tu padre.

–Fuera como fuera, él tenía derecho a saberlo...

–Nico, por favor. ¿Es que no lo entiendes?

Él recordó cuando Beth había pronunciado la palabra por favor horas antes, en su cama, suplicándole que no parara el tormento sensual al que estaba sometiendo a su cuerpo. Decidió que jamás volverían a compartir una cama. Ya no podría hacerlo tras saber la verdad.

–Gracias por tu preocupación, pero me parece que no fue necesario nada de eso.

–No comprendo qué quieres decir...

–He llamado a mi padre. Debía saberlo por si quería cambiar su testamento.

–¿Qué te dijo?

–Ya lo sabía. Además, no va a cambiar su testamento, por lo que no voy a perder nada. Ni la bodega ni a mi padre.

–Nico, lo siento... –susurró ella.

–Deberías haberme contado esta historia hace cinco años –le recriminó Nico sin dejarle terminar–. En vez de hacer eso, tomaste una decisión en mi nombre. Sin embargo, se trataba de mi vida y yo debería haber tenido la oportunidad de solucionar yo mismo mis problemas. No confiaste en mí. No conocías a mi padre tanto como para saber si era lo suficientemente fuerte para superar aquello ni que, aún sabiendo que yo no era su hijo, me seguiría queriendo. Lo único bueno de todo esto es que el canalla de Kent no es mi hermano.

–Pensé que estaba haciendo lo mejor...

–Sí, lo pensaste, pero eso no importa. Se trataba de un secreto sobre mí, así que sólo importaba lo que yo pensara. Incluso aunque mi padre me hubiera desheredado, no habría importado. Tengo mi propio dinero. Mi relación con mi padre no va a sufrir, como tampoco su corazón.

Beth sintió que le temblaban las rodillas, pero Nico no se detuvo porque estuviera viéndola sufrir. Ella tenía que oír lo que había supuesto su comportamiento para él.

—Al retrasar lo inevitable –dijo–, perdí la oportunidad de hablar de todo esto con mi madre. Y me has robado unos años maravillosos con mi hijo, años que jamás podré recuperar.

—Nico, me gustaría que las cosas fueran diferentes, que hubiera tomado otra decisión hace cinco años, pero tienes que comprender que yo creía que estaba haciendo lo más adecuado. Lo hice porque te quería.

—Sí, claro. Por eso, después de ocultarme lo referente a la persona que había sido mi padre, me ocultaste también que tenía un hijo.

Beth sintió una profunda pena en el corazón al sentir cómo aquel dardo de palabras envenenadas daba en el blanco. Durante un instante, Nico quiso tomarla entre sus brazos para aliviar el dolor que, evidentemente, ella también estaba sintiendo, llevarla al interior de la casa y besarla hasta que los ojos le brillaran de alegría y deseo. Estuvo a punto de tomarla entre sus brazos.

A punto.

Aunque sus motivos hubieran sido puros, Nico no podría olvidar el hecho de que jamás podría volver a confiar en ella. Por eso, en vez de abrazarla, se dio la vuelta y se marchó de allí.

Capítulo Once

Mientras regresaba en coche a su hotel, Nico tuvo que apartar el Alfa de la carretera para tranquilizarse. Por fin había terminado con la mujer que lo había traicionado a tantos niveles. Entonces, ¿por qué se sentía tan mal?

Salió del coche y dio un portazo. Ella le había ocultado información sobre sus padres y, además, se había llevado a su hijo. Las dos cosas eran imperdonables, pero, peor que todo aquello era el hecho de que lo había dejado solo durante cinco años.

Echó a andar entre los viñedos bañados por la luz de la luna recordando aquellos años casi insoportables. Sin embargo, si debía creerla, ella también había estado sufriendo por él todos aquellos años...

¿Se habría comportado él de un modo diferente si hubiera estado en el lugar de Beth? ¿Acaso no habría movido el cielo y la tierra para protegerla, aunque eso significa perder su amor y su respeto?

Lanzó una maldición y dio una patada al suelo. Por supuesto que lo habría hecho. Habría hecho más. Sin embargo, jamás habría creído que Beth fuera capaz de lo mismo e incluso había cuestionado lo que ella le había dicho.

La había fallado.

Además, durante aquellos cinco años que habían pasado separados, la había culpado a ella de todo y había creído a Kent. Jamás en ella. Nunca había tratado de verla para hablar con ella. Mientras que Beth lo había dejado todo por él y había pasado por todo aquello sola, él se había convencido de que era la víctima y que podía vivir sin ella.

Beth había cometido errores, pero lo había hecho por amor. ¿Qué había hecho él en el mismo tiempo? Ganar dinero, adquirir posesiones y poco más. Pensó en los años desperdiciados que habían pasado separados, en las noches interminables en las que había pensado en ella... ¿Cómo había podido permitir que ocurriera aquello?

Nada podía ser más importante que Beth y su hijo. Ya había perdido demasiado tiempo con ellos, con ella... ¿Qué demonios estaba haciendo allí solo en aquellos momentos, sin Beth?

Regresó rápidamente al coche, arrancó el motor y dio la vuelta esperando que no fuera demasiado tarde.

Beth oyó que alguien llamaba a la puerta. Trató de ignorarlo. Marco estaba en casa de sus padres y Nico estaría ya en su hotel. No estaba de ánimos para recibir visitas en aquellos momentos. Tenía el rostro congestionado y los ojos hinchados. Nico le había dejado muy claro que jamás la perdonaría y no estaba segura de poder soportar el dolor. Lo único que quería era tumbarse y dormir.

Volvieron a llamar a la puerta, más fuerte aquella vez. Siguió sin hacer caso. Decidió que no podía culpar a Nico por no haberla perdonado. Sólo deseó haberse disculpado con él mientras tuvo la oportunidad. Después del modo en el que le habían dolido las decisiones que ella había tomado, era lo mínimo que podía hacer.

–Beth...

La voz que resonó a través de la puerta le cortó la respiración. Era la de Nico. Se secó las mejillas con la manga y se puso de pie. El corazón se le había acelerado ante la posibilidad de volver a verlo.

Decidió que era mejor que no se emocionara. Seguramente a él se le había olvidado decirle algo sobre Marco o necesitaba examinar más papeles de Kent. No importaba. Le dejaría decir o hacer lo que necesitara, pero aprovecharía aquella segunda oportunidad para disculparse.

–Beth, sé que estás en casa...

–Voy.

Se miró en el espejo del vestíbulo y confirmó sus sospechas. Estaba horrible por haber llorado tanto, pero no podía hacer nada al respecto. Respiró profundamente y abrió la puerta al padre de su hijo por segunda vez aquella tarde. Por cuarta vez el fin de semana.

Al verlo, sintió que se le cortaba la respiración. Tenía el aspecto de un ángel caído. Hermoso y peligroso. Jamás lo había amado más que en aquel momento. Sin embargo, dejó sus sentimientos a un lado. El amor significaba poco contra las barreras que se interponían entre ellos. Nico jamás la perdonaría por haberle ocultado que tenía un hijo ni por todo lo demás y tenía razón para no hacerlo. En su momento, ella había creído que hacía lo mejor, pero daría cualquier cosa por volver atrás en el tiempo para poder actuar de un modo diferente.

Parpadeó y trató de recuperar la compostura.

—Hola, Nico.

—Hola, Beth...

—Antes de que me digas para qué has venido, me gustaría decirte una cosa.

—Está bien —dijo él, con el ceño fruncido.

—¿Te gustaría entrar?

Nico asintió y la siguió al interior de la casa. Beth se detuvo junto a la cocina.

—¿Te apetece tomar algo? ¿Una copa de vino?

Beth jamás habría esperado que él aceptara, pensando que sólo querría salir de allí lo más rápidamente posible. Por eso, cuando él volvió a asentir, se quedó muy sorprendida. No obstante, no lo cuestionó. Mientras él estuviera allí, podría decirle lo que necesitaba que él supiera.

Sirvió dos copas de vino y le indicó los dos sillones que había frente a la chimenea del salón. Nico se sentó. Parecía tenso, como si él tuviera también algo que decir. Beth decidió no darle oportunidad alguna y disculparse primero.

—Sé que el hecho de que me lamente no será nunca suficiente, pero quiero que comprendas que jamás me perdonaré por las decisiones que tomé.

—No, Beth, yo...

–Por favor, permíteme que diga esto. Tengo que hacerlo.

–Como quieras.

–Espero que algún día, por el bien de Marco, podamos tener una relación cortés, pero si no te resulta posible, te respetaré de todos modos. Esta situación es culpa mía y lo acepto. Es...

Nico extendió una mano y le colocó un dedo sobre los labios.

–*Bella*, no digas nada más –dijo él. Retiró el dedo casi de mala gana–. En los últimos cinco años, yo he hecho cosas peores que tú

–Pero si no has hecho nada...

–Exactamente. No he hecho nada. No te fui a buscar para preguntarte qué era lo que había ocurrido. Si no hubiera creído lo que Kent me contó, si hubiera ido a buscarte, no habrías tenido que vivir con él durante cinco años.

–¿Y cómo podías tú saber que él estaba mintiendo?

–Lo habría sabido si hubiera tenido fe en ti.

Beth cerró los ojos durante un largo instante. No se podía creer lo que acababa de escuchar. Que Nico pudiera tener fe en ella era lo más hermoso que podía pensar.

–Nico, aunque me hubieras seguido, no te habría dicho la verdad.

–Si te hubiera visto con Kent, no me habrías podido ocultar lo que sentías por él. Conozco tus expresiones, tus gestos. En cuanto me hubiera dado cuenta de que algo no funcionaba entre vosotros, te aseguro que no me habría rendido hasta que hubiera conocido toda la verdad.

—Nico, no te hagas pasar por esto otra vez. Era imposible que supieras lo que estaba pasando...

—Debería haber tenido fe en ti. Hace cinco años tomé la decisión equivocada. Me parece que entonces, tú me conocías mejor a mí que yo a ti.

—¿Crees que hice lo que debía? —preguntó Beth. No se podía creer las implicaciones de lo que estaba escuchando.

—Me habría gustado que no te hubieras marchado aquella noche, pero tengo que admitir que probablemente tenías razón. Me habría enfrentado a esa noticia peor con veinticuatro años que ahora.

Beth tomó un sorbo de vino. Se sentía algo desconcertada. Su única intención había sido disculparse y esperar poder crear una relación civilizada con él por el bien de Marco, pero todo aquello se estaba convirtiendo en algo tremendamente doloroso para ella.

—¿Sirve de algo seguir hablando de lo que habría pasado si nos hubiéramos comportado de otro modo? Creo que es mejor para todos que tratemos de olvidarnos de lo ocurrido.

—Claro que es relevante, mi Beth. Me tomé las cosas al revés.

—¿Qué quieres decir?

—¿Sabías que si no te hubieras ido con Kent, yo te habría pedido que te casaras conmigo? Llevaba un mes buscando el anillo perfecto —confesó, mirando la copa que apenas había tocado—. Cuando te marchaste, traté de olvidarme de todo eso porque me dolía demasiado. Por lo tanto, ahora me gustaría pedirte que me perdonaras. Que me dieras tu amor.

Nico extendió la mano y comenzó a acariciar suavemente la mejilla de Beth. Entonces, respiró profundamente, le tomó la mano que le quedaba libre con la suya y dijo:

–Beth, te amo. Quiero que nos casemos como me habría gustado hacerlo hace cinco años.

–Si accediera, me estaría engañando sobre lo que realmente quieres.

–¿Y qué es eso?

–Ver a Marco todo lo que quieras, Nico –dijo ella. Soltó la mano y se giró hacia el fuego–. No tienes que casarte conmigo para eso.

–Efectivamente, quiero que vivamos juntos como si fuéramos una familia, pero esta proposición no tiene nada que ver con Marco. Además, no se trata de la misma clase de proposición que te hice esta tarde. Jamás te lo debería haber pedido así y me disculpo por ello –admitió con voz triste.

Beth lo miró, pero no se atrevió a creer que aquéllas fueran las palabras que en tantas ocasiones había escuchado en sus sueños. Llevaba muchos años construyendo castillos en el aire, rezando para que los dos tuvieran algún día un futuro juntos, tantos que sabía que corría el peligro de proyectar sus deseos en las palabras de Nico.

Cerró los ojos con fuerza y trató de aclararse el pensamiento.

—Ojalá las cosas pudieran ser tan sencillas.

—Lo son –afirmó él. Tenía una expresión diferente en los ojos, llena de emoción.

Beth sintió que el corazón se le detenía para luego acelerársele con un sinfín de posibilidades. Sin embargo, tenía que asegurarse. Respiró profundamente, dándose tiempo para pensar las palabras que iba a pronunciar.

—Dime una cosa. ¿Qué clase de cimientos crees tú que tenemos para construir una vida juntos?

La esperanza se reflejó en los ojos de Nico. Volvió a tomarle la mano y se la colocó sobre su corazón. Los ojos le brillaban de emoción.

—Tenemos los mejores cimientos para construir una vida juntos, *bella* –susurró–. Amor, un amor que ha capeado todas las pruebas que se nos han puesto por delante. Un amor que jamás murió ni se diluyó con el tiempo y que, en estos momentos, es más fuerte que nunca.

Beth lo miró fijamente. Casi no se atrevía a creer lo que estaba escuchando.

Nico le dio la vuelta a la mano de Beth y le dibujó un círculo sobre la palma.

—Siempre tendré confianza y fe en ti –prometió–. Te apoyaré en todas las circunstancias, por muy difíciles que éstas sean.

¿Y si era cierto? ¿Y si Nico aún podía amarla como lo había hecho en el pasado? Nico, el hombre al que ella amaba con todo su corazón, con cada fibra de su ser. El corazón de Beth pareció echar alas.

Los ojos color chocolate de Nico adoptaron una

expresión suave. La mano que aún tenía la de ella la apretó con fuerza.

–Creo que yo siempre esperaba que encontráramos el modo de recuperar nuestro futuro algún día. Sé en lo más profundo de mi corazón que nuestro amor es más profundo que los océanos y que, por lo tanto, puede soportar cualquier cosa. Que puede soportar la dura prueba del tiempo.

Una oleada de alegría se apoderó de ella.

–Oh, Nico...

De todas las palabras que le hubiera gustado pronunciar, sólo acertó a decir aquellas dos. Sólo le quedaba aceptar su amor, sabiendo que estaba libre de pecados del pasado y que, en aquellos momentos, era más fuerte que nunca.

Nico se acercó a ella y la tomó entre sus brazos. Entonces, la besó delicadamente.

–Eres lo mejor que me ha ocurrido en la vida –le susurró contra los labios.

Beth lo miró y le enmarcó el rostro entre las manos, como si así quisiera que él comprendiera bien lo que estaba a punto de decirle.

–Siempre te he amado. No ha pasado ni un solo día de los que hemos estado separados en el que no haya pensado en ti y en el que no hubiera deseado que llegara este momento.

Nico sonrió y, más aún, esa sonrisa se le reflejó por fin en los ojos, en el rostro entero. Era el modo en el que con tanta frecuencia había sonreído cuando eran más jóvenes. Hizo que se levantara de su regazo y, sin dudarlo, se arrodilló delante de ella. Entonces, tiró de sus manos para que se pusiera de rodillas también frente a él y volvió a agarrarle las manos.

La miró con increíble intensidad a los ojos, como si estuviera tratando de verle el alma.

–Ahora y para siempre –susurró–, me comprometo contigo. No importa lo que la vida nos depare, yo jamás permitiré que nada se interponga entre nosotros.

Los ojos de Beth se llenaron de lágrimas. Había sentido que aquella promesa le llegaba directamente al centro de su ser.

–Ahora y para siempre, me comprometo contigo. En lo bueno y en lo malo, siempre estaré a tu lado.

Nico se inclinó hacia ella y la estrechó entre sus brazos. Entonces, volvió a besarla. Beth le rodeó el cuello con los brazos con fuerza. No tenía intención alguna de volver a dejarlo escapar.

Epílogo

Tres años más tarde

–¡Eh, papá! –exclamó Marco con la voz llena de entusiasmo–. ¿Qué te parece este racimo?

Beth se detuvo antes de cortar el racimo que tenía entre las manos y se levantó un poco el sombrero de paja para mirar a Marco. Padre e hijo estaban hablando de las uvas en el viñedo privado de la familia.

–Están listas –dijo Nico mientras acariciaba con gesto ausente la manita de su hija de ocho meses, que dormía plácidamente contra el torso de su padre–. Córtalas y échalas al remolque.

Marco cortó el racimo y lo depositó en el remolque con mucha parsimonia.

–El abuelo Tim me ha dicho que cuando vuelva a ir a Australia, me va a enseñar cómo funciona la cosechadora.

Nico lo miró con fingida sorpresa.

–¡Vaya! El abuelo debe de pensar que eres muy bueno recogiendo uvas si te va a enseñar la cosechadora con sólo ocho años. A mí no me lo enseñó hasta que no tuve doce.

–Dijo que yo aprendía más rápido que ninguno

de los niños que había conocido –comentó Marco con orgullo.

El niño había florecido a lo largo de aquellos años junto a un padre que lo quería de verdad y se preocupaba por estar con él. Las clases de navegación que Nico le daba en su nuevo yate les había permitido establecer el vínculo que Beth siempre había deseado. Además, Tim había mejorado mucho y se sentía relativamente sano. El anciano siempre decía que era gracias a Marco, pero Beth no dejaba de preguntarse si el hecho de que todos supieran el secreto de Nico lo había ayudado también.

–Papá, ¿crees que este racimo es lo suficientemente bueno como para llevárselo a la abuela? Me dijo que quería ver alguno de los que yo cortara. Ha comprado otras clases de uva y me va a hacer una tarta de uvas dado que me estoy portando hoy tan bien ayudándoos aquí.

–A mí me parece que es un racimo perfecto para mostrárselo a la abuela –comentó Nico con una sonrisa. Miró a Beth y los dos intercambiaron una mirada de complicidad. Marco no paraba de hablar y realizaba siempre comentarios constantes sobre todo.

Cuando las miradas de ambos se cruzaron, la expresión de Nico cambió lentamente. La diversión se vio reemplazada por un profundo amor. Amor hacia ella. La había mirado de aquel modo antes, de hecho, lo hacía a menudo, pero cada vez conseguía que Beth sintiera que el mundo dejaba de girar. Él sonrió. Beth supo que su esposo sentía lo mismo.

Lizzie comenzó a estirarse y a bostezar. Entonces,

abrió sus enormes ojos marrones y contempló a su familia. Beth dejó las tijeras y se quitó los guantes.

–Hola, Lizzie, chiquitina –dijo, dando las gracias de nuevo por su suerte. La tomó en brazos y sonrió–. ¿Qué tal has dormido?

Lizzie sonrió y comenzó a agitar los puñitos en el aire.

Beth miró a Nico y susurró a la pequeña:

–Sí, yo también duermo mucho mejor en brazos de papá.

Nico le dedicó una tórrida mirada que prometía muchos abrazos cuando los niños estuvieran dormidos. Beth sintió un fuego en el interior de su cuerpo. Jamás se cansaba de que él la acariciara ni de la intimidad que compartían cuando estaban completamente solos.

Marco agarró la mano de su hermanita y le dio un besito en la mejilla.

–¿Pueden tomar los bebés pastel de uvas?

–Creo que preferiría compota de manzana –comentó Beth con una sonrisa. Su madre estaba en la casa preparando la cena para todos. Aquella noche iban a celebrar que Nico hubiera sido nombrado Bodeguero del Año de Nueva Zelanda. El postre que estaba preparando era en realidad para esa cena, pero Beth sabía que su madre le habría dicho a Marco que era para él. Marco y Lizzie eran el centro del mundo de sus abuelos.

En aquel momento, Oliver apareció corriendo entre los viñedos. El perro fue directamente a los pies de su amo. Marco miró el palo que Oliver le ha-

154

bía dejado a los pies con la esperanza de que se lo arrojara.

—Oliver, ahora no puedo jugar contigo —dijo el niño con gesto de dramática exasperación—. Tengo que recoger uvas —añadió mientras le mostraba un racimo para que el animal lo comprendiera mejor.

Oliver estiró mucho las orejas como si, efectivamente, estuviera tratando de comprender. Nico se echó a reír, pero no tosió al mismo tiempo como en otras ocasiones para disimular. Le quitó a Marco las tijeras de la mano.

—Vete a jugar. Ya has hecho mucho aquí. Tu madre y yo podemos terminarlo.

—¡Genial! —exclamó el niño. Se quitó los guantes, tomó el palo y lo lanzó tan lejos como pudo. Entonces, Oliver y él salieron corriendo.

Después de ver cómo se marchaban, Nico se inclinó sobre Beth y la besó tiernamente en los labios. El amor tan puro que contenía aquel sencillo beso le corrió por las venas.

—¿Sabes que hace ahora nueve años que vi a una maravillosa criatura de cabello rubio vendimiando en las tierras de mi familia?

Beth recordó aquel día. Jamás había sentido nada tan poderoso antes, pero no tenía nada que ver con el amor en el que se había convertido. El tiempo que habían pasado separados, los obstáculos que habían superado, habían conseguido que su amor se hiciera más sólido y más valioso.

Ella le colocó una tierna mano sobre el rostro.

—Menuda coincidencia —susurró—, porque hace casi

nueve años que, durante la vendimia, vi a un hombre alto de anchos hombros con unos hermosos ojos. Me hundí en esos ojos y aún no he podido salir a la superficie.

Nico se inclinó sobre Lizzie y, tras abrazar a su esposa y a su hija a la vez, le dio a Beth un largo y suave beso con el que le prometía a ella todo lo que pudiera desear.

Deseo™

Como la primera vez

OLIVIA GATES

El príncipe Leandro D'Agostino podría haber sido rey de Castaldini… hasta que un escándalo lo obligó a exiliarse. Años después, Phoebe Alexander, su ex amante secreta que se negó a marcharse con él, pretendía convencerlo de que aceptara la corona. Pero Leandro todavía sentía la amargura de la traición y sólo gobernaría si Phoebe se plegaba a sus deseos.

Atormentada por las decisiones que había tomado en el pasado, Phoebe estaba dispuesta a hacer cualquier cosa. Sabía que nunca podría ser la reina de Leandro, pero aceptaría convertirse en su amante. Pero entonces un embarazo inesperado lo cambió todo…

Sus deseos son órdenes, alteza

Acepte 2 de nuestras mejores novelas de amor GRATIS

¡Y reciba un regalo sorpresa!

Oferta especial de tiempo limitado

Rellene el cupón y envíelo a

Harlequin Reader Service®
3010 Walden Ave.
P.O. Box 1867
Buffalo, N.Y. 14240-1867

¡Sí! Por favor, envíenme 2 novelas de amor de Harlequin (1 Bianca® y 1 Deseo®) gratis, más el regalo sorpresa. Luego remítanme 4 novelas nuevas todos los meses, las cuales recibiré mucho antes de que aparezcan en librerías, y factúrenme al bajo precio de $3,24 cada una, más $0,25 por envío e impuesto de ventas, si corresponde*. Este es el precio total, y es un ahorro de casi el 20% sobre el precio de portada. !Una oferta excelente! Entiendo que el hecho de aceptar estos libros y el regalo no me obliga en forma alguna a la compra de libros adicionales. Y también que puedo devolver cualquier envío y cancelar en cualquier momento. Aún si decido no comprar ningún otro libro de Harlequin, los 2 libros gratis y el regalo sorpresa son míos para siempre.

416 LBN DU7N

Nombre y apellido	(Por favor, letra de molde)	
Dirección	Apartamento No.	
Ciudad	Estado	Zona postal

Esta oferta se limita a un pedido por hogar y no está disponible para los subscriptores actuales de Deseo® y Bianca®.
*Los términos y precios quedan sujetos a cambios sin aviso previo.
Impuestos de ventas aplican en N.Y.

SPN-03   ©2003 Harlequin Enterprises Limited

Bianca™

Un amante para el millonario...

Alexa Harcourt sólo ve a su amante, Guy de Rochemont, de vez en cuando. Él la manda llamar y hace que la lleven en limusina y jet privado a alguna villa italiana o a una mansión en Mónaco para reunirse con ella. Pero Alexa sabe que nunca llegará a ocupar un puesto estable en la vida de él.

El nombre de Guy es sinónimo de riqueza y poder... y ha llegado el momento de que se case. Una mujer de su familia lejana ocupará su cama a partir de entonces. Pero Alexa es la única mujer a la que Guy quiere. Y el respeto que le debe no le permite prestarse a seguir siendo su amante...

La artista y el millonario

Julia James

Él duque la desea, pero...
¿ella se rendirá a él?

Saul Parenti siempre exige lo mejor. Por eso ha contratado a Giselle Freeman para que trabaje para él. Giselle posee una actitud glacial y una belleza fría. Pero para Saul resulta obvio que, bajo esa fachada polar, se esconde una pasión salvaje.

Debido al trauma que sufrió en su primera infancia, Giselle construyó unos muros de acero alrededor de su corazón. Ahora está trabajando con el único hombre que puede poner en peligro sus defensas. Su mutua atracción sexual está en su punto de ebullición. El único resultado posible: una rendición total y absoluta que cambiará su vida.

Rendida al duque

Penny Jordan